徐兆寿 — 著

天地生君子

读者出版社

图书在版编目（CIP）数据

天地生君子 / 徐兆寿著. -- 兰州 ：读者出版社，
2024. 8. -- ISBN 978-7-5527-0813-4

Ⅰ．I267

中国国家版本馆CIP数据核字第202482K053号

天地生君子

徐兆寿　著

责任编辑　房金蓉
装帧设计　杨　楠

出版发行　读者出版社
地　　址　兰州市城关区读者大道568号（730030）
邮　　箱　readerpress@163.com
电　　话　0931-2131529（编辑部）　0931-2131507（发行部）

印　　刷　兰州人民印刷厂
规　　格　开本 710 毫米×1020 毫米　1/32
　　　　　印张 8　插页 2　字数 171 千
版　　次　2024 年 8 月第 1 版
　　　　　2024 年 8 月第 1 次印刷
书　　号　ISBN 978-7-5527-0813-4
定　　价　49.00元

目录

- 001 -

道法自然，天人合一

君子生君子

- 213 -

重究天人之道

道法自然　天人合一

缘 起

2004年6月，我从原来的行政岗位上转到教学岗位，准备讲师退休。一直到放假无事，不用去单位。原来每天七点多起床，八点上班，晚上要熬夜写作，现在不用那么辛苦了。我可以每天睡到八点多九点，甚至还可以更迟。起床后到黄河边走走，再回来读书写作。下午也一样，睡到自然醒，然后出去晒晒太阳，回来继续写作。晚上可以写作，也可以去看朋友，总之，突然间闲了下来。当时不知道6月份已经把下半年的课都排完了，等到7月份想备课时，一问，才知道后半年也没我的课。我又没事儿了。那时，也不怎么开会，没事也不好意思去学院。原来那么忙，现在突然间像个无业游民了，很不习惯。便与院长商议，怎么也得把工作量完成，年底考核要勉强合格吧。便在那年年底向学校申请开了两门课，一门是文学写作课，另一门是"爱情婚姻家庭社会学"，讲的都是人类伦理史，但被宣传为中国首个"性文化"课。每周去学校两个下午，每次讲两个小时。其他时间都是自由支配。但仍然感到空虚。大概是之前太忙的缘故吧。突然间，觉得写作也毫无意义了。

2005年下半年一个偶然的机会，我又与院长提起上课的事，我说可否给我一门所谓的主干课，让我也融入学院里。他听后笑着说，我的《中国文化史》你愿不愿意上？我一听，说好啊。便接了这门课。我是中文系出身，学了四年中国文学史，后来又一直不间断地看中国文学和历史方面的书，自觉应当很轻松。课是到2006年上半年上的，但2005年的秋天我就开始备课了。大概因为作家的原因，我要对自己写的每一个字负责，现在要讲课，也要对自己说的每一句话负责，就不能拿着教科书去念，而是要信它。但在备课的时候，我才发现自己有多么浅陋。原来我那么的无知。

比如，讲孔子，过去我以为读了他的《论语》就够了，现在才发现真是孤陋寡闻，一知半解。只要学生问一个问题，我就得被搁在讲台上。比如，当时流行一个说法，孔子是私生子。那么到底是不是呢？我得考证清楚，为此我花了半个月的时间，写了一篇扎扎实实的文章。再比如，说孔子没有形而上的哲学思想，我过去也这样认为，现在备课时突然发现不是那样的，于是，花了很多年才勉强弄清楚这个问题，因为理解《周易》我几乎花了十年时间，而排八卦、演六爻，后来又花了几乎八年的时间到处去学习，而将《周易》的义理、数术、象术合起来进行演化，我才刚刚进门，是个小学生。

南怀瑾笑朱熹只懂知识谱系的义理，看上去说得头头是道，其实不会数术的演练，真正懂的是邵康节，但他又批评邵康节太迷信。等到间接地花了好几年时间把朱熹和邵康节都研究了一番后，我才明白南怀瑾此言不虚。朱熹过于道德化，而邵康节则迷信于数术，离孔子的境界实在太远了。

再比如，鲁迅批判儒家，过去我也认为是对的，但现在要给学生们得讲如何对，于是便去读鲁迅的文章，结果发现鲁迅对孔子并无多少研究，而是把清末时的礼教和中国人的世故（老好人，阿Q形象）当成了孔子，孔子真的是冤啊。于是再去看胡适的文章，发现他倒有些研究，批孔子首先是批《易经》。如果我对《易经》没有什么了解的话，我就会特别赞成胡适先生的观点，可是，现在发现他也是先入为主地要把孔子放倒，与鲁迅一样，然后把西方的新文化的大河引进来。这样我便知道自己所知中国传统文化的一些观念都是"五四"时期的那些文化先锋们传下来的"半吊子"。他们都是二传手，甚至是三传手，心太急了，说的话太过了。

疑惑使我重新开始去读另外一部分学者的著作，如钱穆、柳诒徵、辜鸿铭、梁漱溟、吕思勉、冯友兰等人的著作，真是别开生面，尤其是读钱穆和柳诒徵时，就有一种找到了亲人的感觉，他们两位是有根的学者，所以对中国文化的感情极深。再后来，又去读韦政通、谭家健等人的作品，总体上才有了一些把握。他们每个人都给我展现出中国文化的一个侧面。从批判到疑惑，慢慢地，每次讲到孔子时便有了一种深深的悲痛感，我发现自己对孔子的态度发生了很大的变化。每一次，当我要讲孔子时，都会到书房里偷偷读一遍《史记·孔子世家》，我还会把门悄悄锁上，因为每一次读完这篇文章，都会哭一场。我对他同情到了极点，开始为他鸣不平。

2010 年，大概在我讲了四年多时间时，我的思想已经发生很大变化，只是当时我并不清楚。直到写《荒原问道》时，我才明白，我对中国传统文化已经有了很深的感情，但是，我还是犹豫着。当我在 2012 年写完这部作品时，我发现自己已经清理了自己，我的文化的方向从西方转向了东方。

2012 年，我开始写《鸠摩罗什》，我想处理古代中国儒释道三种文化的融通问题。从儒家到道家，再到佛教，我一步步地进入。2015 年夏天时，我专门去了一趟曲阜，拜谒孔子。我要像司马迁写孔子时那样专门去走一遍，亲身感受一遍。那一次的感受已经写成四万字的长文发表在不同的地方，后来还出版了。我被孔子生前的悲剧和身后的荣光所折服。回来后，我就觉得再讲当代文学和电影就太肤浅了，所以起誓从此要讲孔子和儒家。2017 年，《鸠摩罗什》出版，我又开始讲一点佛教精神。说真的，我对儒家是一知半解，对佛教更是知之甚少，只不过是读了一些佛经，了解了一些基本的知识而已，但某种使命感把我捆绑了，我迫不及待地出来讲解它们了。这是我的浅陋之处，但我已经顾不得那么多了。有多少人饱读圣贤书，但他们不信；又有多少人天天在吃素念经，但他们不愿出来为众人讲正法。我不如他们，正所谓"一瓶子水不响、半瓶子水晃荡"，我就是那个不知深浅的人。

我到很多地方去讲中国传统文化，前后也讲了好几年，在很多大学去讲过，也到小县城给政府官员和中学老师讲过。一群不知名的人在鼓励我，他们说，你讲的很多东西太重要了。他们还说，你能不能讲讲什么什么，比如夫妻伦理，比如孝道，比如师生伦理。他们使我慢慢地知道中国的大众想知道些什么，他们在迷惑什么，他们需要什么。我慢慢地也就想，要给大学生讲，还要给大众去讲，要接地气。在写作《鸠摩罗什》时，我已经有了一次质的转变，即在那次写作中，我低下了现代主义那种精英分子的高傲头颅，面向了广大的民间。现在，我想使我的学术也面向民间。

前几年，省电视台有个朋友曾邀请我去讲中国传统文化，后来这事没了。原因在我，我不知道怎么讲，我还没有做好各方面的准备。这两年，新媒体一下子活跃了起来，有好多朋友建议我用短视频来讲中国传统文化。是的，我已经讲了将近十五年。这门课起初叫《中国文化史》，后来被我改名为《中国传统文化》，主要讲思想。它还在 2012 年被评为甘肃省精品课程。起先，历史文化学院的李清凌教授有过这门课，也是省级精品课程。后来他退休了，就剩下我这一门了。说起来，我也有责任和义务去讲了。

在这些朋友中，金朝晖先生是最诚恳的一位。他对我赞誉有加，一心想做这个事。但我一直犹豫着，因为我不知道回报他什么。我不能假公济私，拿学院的设备和经费来为我个人做事。所以，我们整整磨合了将近一年。直到 2020 年元旦前后，我才下定决心来做这件事。不，其实是我想尝试一下。

于是，便有了这些视频和内容。这些内容都是根据录音整理的，但在整理的过程中我发现，有一些内容被漏了，或没讲透，有一些内容讲得没到位，便稍稍修补了一下。因为要给一般的大学生看，也想让大众来看，所以，我尽可能地减少一些书生匠的考证，尽可能地做到通俗易懂。我还设计了让几个学生参与的形式，原因很简单，我想让他们来和我讨论，因为他们的问题代表了当代，也就是接了地气。我不想傻乎乎地一个人在镜头前讲。

今天如何讲传统文化

这一讲中，主持人有两个，一个是纪录片导演、主持人金朝晖先生，主要是他来发问。另一个是王昱茗，我的硕士生，我也想锻炼锻炼他，他的声音很好。还有我的硕士生朱翔宇和李元林。我在整理的时候，试着把我们的讨论尽可能地变成情景式的，而不是那种记者采访式的。这样的话，可能会有一种一气呵成之感。

今天是第一讲，先讲中国传统文化的基本特征。我们现在讲传统文化，跟过去不一样了，因为我们所处的时代和面对的问题不一样了。比如，当下我们与新时期讲传统文化不一样，与"文革"时期讲传统不一样，与一百年前的"五四"时讲传统更不一样。"五四"时的主流是几乎要全面否定中国传统，这样才能迎接新文化的到来，才能有一个新的中国，这个基调一直到了中华人民共和国成立都没变，说明那时批判传统是救了中国。没有那时的批判，中国就没有平等社会，尤其是男女平等，就没有平民的出头之日，尤其是农民。新时期这种对传统的基调并没有变多少，这也是能真正打开国门迎接世界的重要原因，但与此同时，传统的声音也开始慢慢升起。余秋雨的散文、陈忠实的《白鹿原》和季羡林等一些文化学者的散文可以看成它的显证，台湾、香港和国外汉学家的研究以及一些海外作家的"新声"也表现出对中国传统的亲近。新世纪时开始有了新声，也有了一系列的显证。学者们出来说话的越来越多，海外的声音也越来越多，人们对传统的认识在发生变化。媒体也开始对传统文化进行大众化的传播，如百家讲坛，这使传统文化开始有了一种浩大的声势。但是，我们的教科书是否定传统的，大部分知识分子已经接受了西方文化，对传统也抱着否定的态度。近十年来，当整个国家都在反思百年之路，特别是新中国成立以来的道路时，开始重新认识传统文化，并将传统文化的复兴放到百年来所未有的高度上来看待，可以说，这一步走得很辛苦，也付出了很多代价。知识分子中很多人还在犹豫，在彷徨，不知何去何从。仿佛可以看出这样一种迹象：民间在热烈地呼唤和拥抱传统文化，尤其是伦理道德，但知识分子还在焦虑地思考。

这个历程和存在的问题告诉我们，现在讲传统文化，还要厘清"传统"这一概念。因为过去我一讲传统文化，就有学者问我，你说的是哪个传统？

"噢？怎么会这样问呢？我很好奇。一说传统不就很清楚指的是中国的传统文化吗？"我的朋友金朝晖问道。

"这是一般人的认识，但学者们不同，因为他们研究和接触的文化资源不一样。事实上也如此。一百年来，我们所面对的文化是非常复杂的。你们几个可以说一说。"我说完，看着两个研究生。

"当然是指中国文化的大传统。"王昱茗说。

"你能再具体一些吗？"我又问。

"儒、释、道。"他说完看着笑，不敢确定。

"但对于一些知识分子而言，他们认为的传统是儒和道，甚至有些人认为传统就是儒家。很多人有排斥佛教的倾向。他们都不清楚，佛教从汉代就进入中国，在魏晋隋唐时期与中国文化相融后，已经变成了中国文化的一部分。翔宇，你说呢？"我看着翔宇。她正听得认真。

"传统是不是应当包括西方文化的传统呢，老师？"她说。

"对。一百年来，尤其是改革开放后我们接受的西方文化太丰富了。但是，说西方文化的传统也是要有分别的，西方文化也分为两个传统，一个是文艺复兴以来的近代传统，尤其是工业革命以来的科学传统，另一个则是西方文化的大传统，但是这个传统也分为两个大的方面，被称为两希传统，即古希腊文化传统，这个后来与罗马文化融合了，还有希伯来传统，也就是犹太教和它发展的基督教。所以细说起来也很复杂。"我说。

这时候，朝晖兄若有所思地说："哦——还真是如此。对了，好像少了一个传统吧。"

"对，这就要说到一百多年来从新文化运动开始，后来又发展起来的马克思主义文化传统，这是我们称为的现代性文化传统，也可称之为社会主义文化传统。我们一百年来，尤其是中华人民共和国成立以来的发展思想都是沿着它确定的方向而进行的。"我说。

"我记得毛泽东有一句话，说'鲁迅的方向就是中华民族新文化的方向'。"他说。

"对，所以我们才说'五四'运动与新中国的发展是一个路径。这是从大的方面来讲的，细究起来当然也很复杂。"我说。

"对啊，给我的感觉，我们一百年来文化很复杂。"他说。

"先不说'五四'至中华人民共和国成立前就很复杂，多种文化交杂，中华人民共和国成立后又被分为前三十年和后三十年，现在又是新时代。但总体而言，大的方向仍然是现代性支配下的马克思主义文化传统，后来我们称之为中国特色社会主义文化传统。这个传统虽然时间短，但现在既是中国的意识形态，也是国际上影响很大的一种文化形态。"我说。

"我插一句。你说的现代性与传统是对立的概念吗？我在看你的《重建家园》里一直在想这个问题。"他说。

"是对立和统一的概念。这个说法听起来很熟悉吧，其实从中国文化的概念出发，这是整体性中进行的两种力量，一种是不顾一切地向前冲，另一个是把你拉住，要让你左顾右盼，要有伦理有道德，要有这个有那个，也就是要有节制的力量。现代性也是一个很复杂的概念，人们在不断地探讨它，让它符合现在人们的需求，所以被赋予了很多内容，越来越复杂了。其实，现代性从文化的特征上来讲，很清楚，就是西方近代文化所确立的方向，民主、科学、工业文明等，传统也很清楚，就是中国自身的文化传统。"我说。

"所以说，按你所讲，一说传统，现在至少有三种传统。"他说。

"是的。因此，我们现在讲中国传统文化就与前几个时期讲传统文化不同了。"我说。

"有哪些不同呢？"他问。

"首先是如何认识和对待这三种传统。很显然，新文化和马克思主义所代表的现代性传统，即中国特色的社会主义文化是我们正在进行的文化主流，是意识形态所决定的，是国家全力要维护和提倡的。这是不能否认的。20世纪80年代我们讨论了很久，每一次讨论都付出代价，后来就不讨论了，一心发展民生，我们是发展起来了，但问题也被暂时搁置了。这样做有好处，也有问题。搁置起来不是说人们不去讨论了，不去思考了，而是暗地里仍然在思考，但不作为一种公共资源来处理社会问题了。官员问题、生态问题、饮食伦理问题、道德问题、媒介问题、经济问题以及外交问题，等等。过去我们一直绕过这些问题，只要发展，不太顾及其他方面，现在不行了，无法绕了。就像一辆调整运行的列车，再不调准就会翻车的。

所以，我们得认真地总结我们这几十年来的发展和出现以及可能出现的问题。现在我们不是正要进行现代治理体系的建设吗？这是一个总体性的问题，也是时候了。

"我们目前存在的情况是，一部分人只要马克思主义，不要其他的文化；一部分人只认西方文化，不认其他文化；另一部分知识分子又只认中国传统文化，对其他文化抱着排斥的态度。我觉得这都有些狭隘。我觉得司马迁时代的方法仍然是有用。他用的是什么方法呢？其实就是中庸之道，说各家都有各家的长短，各取一些，形成一种新的文化，岂不都好。司马迁所处的时代也是经历了百家之争，然后在意识形态方面经历了秦时的法家思想和汉初的道家思想，最后选择以儒家为主，吸取百家所长，重新发展为新儒家。

"事实上，中国传统文化虽然被压抑着，但我们的日常生活还是被它左右着，是潜在运行的文化，这肯定是我们能接受且发展的文化传统。这个好办。现在就是如何处理西方文化传统。目前存在一种情况，只要你一提传统，立刻就有人说你要把西方文化赶出去吗？接下来就是你要复辟封建思想吗？等等。这一方面说明我们的意识里把西方和中国文化长期对立着，形成了二元对立思维习惯，另一方面也说明中国传统文化不能是简单地恢复，而是要创新，才能被大家所接受。那么，我们来看看西方文化传统，它在我们中国已经存在了一百多年，至少这几十年我们一直在它的影响下生活，已经成为我们的一部分了，我们如何丢弃？就像有些知识分子所讲的那样，丢弃了就排斥了全世界。虽然没有他说得那么大，但他的话是有道理的。所以，我觉得我们都要接受一些，让它们相互握手、融通。这不就是中国文化的和的特征吗？"我说。

"这样说我就觉得有大气象、大胸怀了。这才是中国气象。"我的朋友金朝晖笑着说道。

我继续说道："所以，现在我们要讲中国传统文化与'五四'不一样的地方在于，我们要把它与西方文化融合起来，而不是继续对立。过去两兄弟在打架，现在一起吃了很多年的饭，应当握手言和，一起搞建设了。现在也与社会主义建设前三十年不同，不能再否定传统了，而是要复兴并创新它了。也与后三十年不同了，这个道德建设可能更多地要从自身的传统中发现并创造。那么，这也就意味着我们现在要有一种全球视野来讲中国传统文化，一切都要在对比中讲，再也不是线性思维，讲传统就只讲传统，那样就没有意义了。"

"兆寿兄，我在看你的《重建家园》时，记得你说过这么一个观点，意思是现在整个世界上，只有中国是一个世界文化最丰富最集中的地区，所以中国是未来文化创新的地区。"朝晖说。

"是的。我们总是说美国是多么伟大，多么民主，多么丰富，世界上所有的文化都在那里，其实，这只是一种假设。它的主流仍然是西方基督教文化，其他文化被它妖魔化了。伊斯兰文化、印度文化和中国文化都被他们妖魔化了。但中国不一样。季羡林说，世界上的文明从大的角度可分为四种，基督教文明、伊斯兰教文明、印度佛教文明和中华文明。这一百年来，基督教文明也就是西方文明在中国已经扎下了根，马克思主义也是诞生于这种文明。中华文明是我们原来的文明形态，佛教文明从唐代起它的中心就已经位移到了中国。而伊斯兰文明从北宋时就已经与中国文化融合。除了伊斯兰文明没有成为中国的主流文化外，其他文明都深刻而广泛地影响了中国。从1980年起，我们对世界文化的拥抱是非常热烈的，就像热恋一样。从文学上来讲，中国人对西方文学，尤其是诺贝尔文学获奖作家如数家珍，但西方人对中国并不了解，对佛教文明也不了解，更不要说是伊斯兰文明了。"我说得有些情绪，他们也被我感染。我顿了顿，继续说道：

"表面上看，目前美国文化是个大杂烩，什么都有，其实只有基督教文明，而中国，各种文明都被接受。三十年河东，三十年河西。文化与物种一样，杂交品种很快会优化成新的最好的品种。中国拥有的丰富的文化将会很快融合成新的文化，也将是世界上最优的文化。"

"这是我听了最受鼓舞的话。"他笑着说。

"事实上也一样。你看，当今天下，从文化上来讲，其实是三足鼎立。"我说。

"哪三足呢？"他问道。

"基督教文明、伊斯兰教文明、中华文明。佛教已经成为中国文化过去的传统，合起来说是中华文明。中华文明则是包容和合，四海之内皆兄弟。联合国教科文组织在新世纪发表的多样性文化宣言就是包容和合，可见，中华文明不仅仅是中国人的选择，也是人类今天的共同选择。大家都生活在一个地球村，相互理解，相互包容，才能长久共存。"我说。

"说得太好了。"朝晖兄拍手称道，端起茶杯与我碰了一下。我继续往下说：

"但另外一个方面，我们所说的传统文化又不能直接恢复、照搬，需要创新，可创新的资源从哪里找？这就要从其他文化中找。我们说马克思主义思想是指导，这是目前的主导思想和方向，复兴中国文明，要同时吸收世界上一切优秀文化的养分。所以，除了前面说的要有全球化视野外，创新传统也是今天讲中国传统文化非常重要的一个方面。"

说到这里，他插话说，"那么，说到这里，我还有一个问题，也就是我在读你的《重建家园》里始终在思考的一个问题，我们现在讲的是中国传统文化，在吸收西方文化传统方面，过去我们走过了很多弯路。有直接照搬的，有洋为中用的。你怎么看？"

"鲁迅和毛泽东提倡拿来主义、中国化思想，这是我赞成的。如果照搬就是西方化，那么，我们自身的传统文化就会不存在了。人类历史上希腊化运动和地理大发现时期的西方殖民化运动，所到之处，原有的文化都不存在了。今天我们已经不知道玛雅文明是一种什么样的文明，玛雅文字无人能识了。拿来主义和中国化思想是既保留自己的文化，又将它中国化了，化为中国文化的一部分了，还是中国传统文化的包容和合思想。但是，在马克思主义中国化和西方文化的中国化方面，我们没有把传统发展起来，中国化就简单地成为一种形而下的实践活动，没有很好地融合。这里有一个经验，即佛教的中国化。佛教中国化的过程中，有'中国'在，这个'中国'就指的是儒家和道家，所以才有了后来的儒道释三教合流。这是中国化的成功经验，所以，现在复兴传统也才能完成马克思主义和西方文化的中国化，完成真正的融合。"我说完，感到口渴，便喝茶。

"这个说法我仿佛是第一次听到，但也豁然开朗，有醍醐灌顶之感。"他说。

"但做起来很难，主要原因是很多人对传统已无信心。"我说。

"为什么会这样呢？不是我们老祖宗传下来的文化吗？"

他问。

"'五四'时期至今有一个观点，说中国文化不能救中国，更不能发展中国。这在当时也的确如此，现在还有很多人持同样的观点，比如，现在是科学时代，而我们中国传统文化对科学是持抑制态度的。"我说。

"确实如此，那么，怎么办呢？这的确是一个大问题，这个问题不解决，讲传统似乎就毫无意义了。"他说。

"这是我们讲传统文化时要解决的一个问题。这个问题也曾经长久地困扰着我。"我说。

"你这么一说，我也觉得曾经有这样的困扰，那么，你自己解决了吗？"他问道。

"解决了。这要感谢钱穆先生。"我说道。

"我在你的好几本著作里，看到你对钱穆先生推崇有加。"他也笑道。

"他帮我解开了一个文化上的谜底。我原来以为文化都是一样的，也是一种形态，后来我发现不一样，但不知道怎么解开这团乱麻。直到读到钱穆先生关于人类三种文明形态的观点后，有一种茅塞顿开的畅快感。他根据人类的地理生活环境将人类文明分为游牧文明、海洋文明和农耕文明。

"游牧文明大概是最早的文明，它和海洋文明有一个共同的特点，就是内中不足，所以游牧民族需要不停地迁徙，不停地寻找新的水源和草场才可以生存，所以长年不停地打仗。海洋文明是生活在海边的岛屿上的人类依生活环境创造的，它没有更多的草场，只有两种资源，一种是新的岛屿，这就有了各种各样的殖民地，希腊早期的时候就是如此，但如果没有小岛屿供他们殖民，只有海怎么办，就是向大海里不停地走，到深海里找吃的，最后便发现了新大陆，所以新大陆便又成了他们的殖民地。

　　"游牧民族不停地要走，所以我觉得人类现在说的三个哲学问题就是走出来的，每每出发的时候就要问'我到哪里去'，然后每到一个地方，别人总是会问他们'你是谁'，他们便要回答'我是谁'，然后人家会问他'你从哪里来'，于是这个问题就变成了'我从哪里来'。现在，它成为我们的终极问题。科幻文学和电影也是在回答这个问题，因为很清楚，他们又面临地球这个草场不够用了，要到太空里去找了。因为内里不足，所以游牧文明就要不停地打仗，较为野蛮，但每每胜利。

　　"第三种文明就是农耕文明。这是从几条大河的河滩上发展起来的文明。有一些聪明人发现这些平坦的土地上可以产生大量的谷物，日久天长，他们发现秋天被摇荡落下的种子经过冬天后在第二年春天可以发芽，又可以生长成新的谷物。天地自然的复制技术被他们学到了，所以他们开始试着自己来复制，居然也成功了。这就发明了农业。于是，他们把那块平坦的土地整得再平坦一些，就变成了田地。复制的能力使他们很快富有起来，且成为最早富起来的人类。这就是农耕文明。今天我们说的人类最古老的文明都是农耕文明，两河流域的古文明尤其是古巴比伦文明、印度河和恒河流域的古印度文明、尼罗河畔的埃及文明和黄河长江流域的中华文明。

"按理说，农耕文明是当时最发达的文明，但也使这里的民族开始柔弱起来，于是，当游牧文明入侵的时候，他们便被轻易地打败了。从高原上冲下来的游牧文明，一部分侵占了古巴比伦文明，但很快也融入其中。另一部分则侵占了印度两河领域，奴役了那里的原住民，创造了雅利安人统治的古印度文明和婆罗门教。在中国北方的游牧民族黄帝部落也在后来打败了农耕民族炎帝部落，后来也融为一体。尼罗河文明也在不断地被周遭的游牧民族所征服而创新。

"这些历史告诉我们，游牧文明因为其野蛮的力量和先进的武器总是会打败农耕文明，但终究还是融入其中。中华文明的历史始终在演绎着这个真理。同样，代表了古老的海洋文明的最成熟的雅典文明，也被游牧民族斯巴达打败，而整个古希腊又败给了游牧民族罗马。当然，所有的游牧民族最终都融入先前的文明中，接受了先前的文明变成了更强大的民族和国家。"我说道。

"你的意思是中华文明败给西方列强也是同理吗？"朝晖兄问道。

他的问题使我想起十年前的事，便顺着他的问题说："我从2008年开始上另一门课，本来是《世界文化史》，是给当时第一届国际文化交流专业的学生们上的课。当然，这门课原来在旅游学院也是专业课。我当时成了国际文化交流系的主任，问了一遍，没人上这一门课，只好我上。说起来真是有意思。当时是很不想上，因为上中国传统文化课要读大量的书，备课花了太多的时间，我几乎停止了文学创作。现在再上一门新课，肯定就更没时间创作了。但询问了所有的老师，都没有人上，我只好又备课。大概又是三年就这样过去。我的时间都花在备课上了。今天想起来倒是觉得这是上天给我的机遇，使我又学会了很多知识，且是世界知识。它使我对人类文明史有了一个初步的粗线条的了解，也明白了所谓的西方文明到底是什么样的文明。现在我还是上这门课。所以，这使我拥有了两种可能，在讲中国文化的时候，总是能够举世界文化的例子来说明中国文化的长短，而在讲西方文明和世界文明的时候也总能够找到中华文明的坐标。这种讲解越是长久，我对中华文明就越是了解和信赖。

"今天我要感谢命运的赏赐。现在我拥有了更多的视角，可以说更全面的视角。在我讲中国传统文化时，我能够拿出尽可能多的文化样态来进行对比，可以说拥有了简单的世界性视野，就不是最初的就中国文化讲中国文化，单线条地叙述，就像说一个人好，就把这个人形容一番，但没有对比怎么能知道好在哪里呢？在我讲世界文化，尤其是西方文化的时候，又能尽可能地把西方文化的故事全盘讲给大家听，不要像我们以为接受了五四时期文化先驱们对传统的认识就是真理一样。比如，人们总以为基督教思想与儒家思想差不多同时产生的，或认为上帝思想从一开始就统治了西方，同时觉得一神论很好，而我们的多神论很落后。比如，历史学家从《旧约》中看出，上帝思想最早只是亚伯拉罕的神，他的仆人有自己的神，这说明最早的时候可能是多神论，后来渐渐地统一了思想。在摩西的时代，人们的信仰还不确定。当摩西在西奈山上与上帝会面的时候，他的族人把黄金首饰聚积到一起，冶炼成金牛犊进行祭拜，他怒不可遏，一气杀了三千多人，统一了信仰，并发布'摩西十戒'。这些知识我们很多中国人并不知道，盲目地信仰西方文化。同时，我还可以把中国文化拿出来进行对比，说说两者的异同。这样讲的时候，我发现同学们更愿意相信。

"在这个基础上，你再来给他们讲整个人类史上，文明的进化并不是简单的先进文化打败落后文化，它的原因很复杂，我前面已经讲了部分原因。它告诉我们，我们失败不是我们文化的方向错了，而是我们的文化太文了，太虚弱了，就像鲁迅先生所形容的那样，都成了看客，都成了铁屋子里的奴隶，怒其不争，哀其不幸。而西方的文化在文艺复兴之后释放了生命中的野性，所以生产力发展得很快，它的影响也蔓延到全世界。最重要的是钱穆先生开辟的这样一种文化路径的研究又恰恰是进化论和人类学、社会学所支持的，环境在影响它的人类。人类是环境的产物。

"钱穆说，海洋民族因为岛上的生产资料少，所以要不停地侵略，同时，因为防备别的民族和国家的侵略便聚集在一起，形成了城邦。城邦里的人没有多少土地，所以只好把海里的东西和岛上的东西进行交换，便有了商品经济。为了进一步发展商品经济，数学便发达起来。而城邦里的人需要管理，便产生了哲学和法律，以及建立在商品经济基础之上的政法。马克思非常伟大的地方就是从人的最需要的经济活动出发来分析社会，发现社会发展的规律。但是，问题在于，经济发展之后，便带来很多社会问题，因为经济发展中欲望膨胀、道德丧失，所以便需要精神生活来进行管理，法律和宗教便是它产生的结果。马克思还批判过自给自足的小农经济，而这种经济主要在中国，它依托的文化形态便是农耕文化。

"农耕文明的中庸之道、天人合一的心态观念、和平共处的处世理念马克思都没来得及细细思量。这些文化的方法论和价值观直到这些年才慢慢被我们重新发现。事实上，我们会发现，游牧文明和海洋文明其自身的内中不足使它所产生的文化本身就只有一种心理，即无穷尽地侵略，无穷尽地寻找殖民地。现在，他们始终认为，有一天，地球会被人类破坏，人类必须要到太空里去寻找新的空间。这两种文化的内部缺乏制衡的机制。但中国文化本身就拥有。这便是我对中国文化的自信所在。它必将是人类未来主动选择的文化方向。"

"和平、宁静、节制的生活，才是人类最终的选择。"他笑道。

"我想应当是的。上帝给犹太人的一个许诺便是，给你们一个流着奶与蜜的故乡。上帝的天堂里无比宁静，都是善者。"说完，我看了看两位研究生，他们还听得很认真。

金朝晖说，"按你的说法，文艺复兴带来的西方文化是一种欲望性文化，那么，我想知道基督教在扮演什么角色。"

我回答道："文艺复兴就是复兴人文主义，在文学上也被称为人道主义，在文化上看，就是推翻上帝的束缚，让人的力量、欲望和一切作为社会主宰的力量。那是第一步。工业革命是第二步，它证明了人的力量是无穷的，可以没有上帝。尼采等哲学家从哲学的神坛上把上帝推翻是最后一步。罗马时代，曾有一个基督教教义与希腊哲学融合的过程，其实也就是基督教希腊化的过程，由此完成了两希文化的整合，这样一种文化的历史毫无悬念地在时间的长河里延续着，结果慢慢地使基督教徒们增长了妄念，他们把希腊和罗马的文化压抑下来，而把宗教的头颅昂得很高，所以，基督教徒们掌握了西方历史进程的钥匙，也掌握了政治的权柄。他们不仅有了土地、权利，还开始搞腐败。你瞧，在这里我讲一下中国文化的规律，月盈则亏、物极必反，比如周易的乾卦开始变的时候，是最下面一卦变成阴爻，是自己内部先发生的变化，变成了天风姤卦，说明所有事物达到乾卦一样的极端时便会发生变化，而这变化是从它内部先进行变化的。基督教就是这样走向他的下坡路，但他并不知道。他以为权柄还在他的手里握着就可以搂着美女继续睡觉了。文艺复兴时期的《十日谈》说的就是教会里的腐败事。上帝被他的教徒们败坏了名声，直到尼采等人要将他推下神坛。而尼采热烈欢迎的是谁呢？是上帝之前希腊罗马的酒神。

　　"一阴一阳谓之道。西方文化没这样的逻辑和方法论，他们总是从一个极端走向另一个极端，但一旦走向极端时，总是有另一种力量出来平衡它。你瞧，当罗马的道德崩坏之时，耶稣诞生了。他来到这个世上是为人性腐烂掉了的罗马人埋单来的，用他的生命和鲜血。罗马人把他杀害了。后来终于重新认识并接受了他。希腊的理性精神终于和上帝精神达到了平衡，它们之间有一种张力。那时的罗马是最伟大的，那时的基督教也是最为理性的。但后来就不一样了，基督教被权力腐蚀，走向了没落，此时，古希腊古罗马的文化又被张扬了起来。现在，是西方海洋文化的精神在全世界张扬的时候，但也是它开始腐朽的时候。马克思已经指出了它的本质。它没有了被克制的力量。而这种力量，如果说不是宗教，而是一种理性力量的话，那就是中国传统文化的力量。"

　　以上就是我讲中国传统文化的一个基本落脚点。

总　纲

过去有很多学者总结过中国文化的基本特征。有两个不同点。一是五四之前讲中国文化，一般都是讲圣人过去如何云云，自然也是有出处的，但没有对比，所以超不过六经和《道德经》。二是五四以来讲中国文化，是有了对比、分别心，这个时候情绪也分为三种，一种是赞赏中国传统文化，对中国传统文化抱有极大信心和情感的，如钱穆、柳诒徵、梁漱溟、辜鸿铭、唐君毅等，后来的余英时、南怀瑾、饶宗颐等也是；另一种是批判中国传统文化，对其抱有否定态度者，如鲁迅、胡适等；第三种则是1949年以后重新对中国文化进行梳理的，此时，批判的态度仍在，但尽可能地讲其与其他文化的异同，如冯友兰、张岱年、李泽厚等，还有如谭家健、台湾的韦政通等。我时常咀嚼他们的观点，要么觉得不成体系，无法让整个世界来清楚地认识中国传统文化；要么就是太有分别心，总讲我们与西方文化的不同，仿佛我们是两个世界的人，永远不能融和；要么就是时代烙印太深，导致总有一角甚至一面是缺失的，失去了整体性。

我还一直在想，能不能用简单的几句话，告诉现在的中国人和整个世界中国文化是什么样的。我常常站在社会主义核心价值观二十四字前面，那二十四个字，大部分都是中国传统文化的核心概念，少部分则是从西方文化甚至世界文化中得来的，体现了一种大气象。我在想，若是用更少的词汇来告诉世界中国文化是什么样是不是更好，更容易记住。北京大学有一位传播学者对社会主义核心价值观二十四字在西方世界进行了抽样调查，发现大部分词汇都能被接受，说明这是世界理念，但他们在调查集体主义这个概念时，西方世界的接受程度就很低，这说明它更多地属于意识形态的问题，是有原因的。

道法自然

在十多年的讲解中，我试着一次次给中国传统文化下一些定义，发现都很难，但慢慢地，有一些概念被确定下来。第一个概念就是"道法自然"。这是老子《道德经》中的语汇。《道德经》第二十五章讲：

> 有物混成，先天地生。寂兮寥兮，独立而不改，周行而不殆，可以为天地母。吾不知其名，字之曰道，强为之名曰大。大曰逝，逝曰远，远曰反。故道大，天大，地大，人亦大。域中有四大，而人居其一焉。人法地，地法天，天法道，道法自然。

先讲道是什么，然后讲道的原理，最后落脚为四个字，道法自然。为什么专门拿出这一段来讲？是因为首先要解释中国文化最重要的也是最核心的概念：道。道亡则文化亡。道法自然、天道、人道、文以载道、道统……道是中国文化的出发点，也是终点。在老子看来，道永不停息，物质世界只是它运行的一个过程，或一种形式，是载体，物质世界可能会结束，道并不消失。

怎么理解这个问题呢？太大了。《易经》上有一个方法，但你无法理解的问题，就求诸己身，叫"近取诸身"，从身边事物的变化来认识大道。庄子的故事大概能解释这个道理。他的老婆死了，他特别高兴，在院子里击缶而歌。他的好朋友惠施来了，看见这种不人道的行为就批评他，在惠施看来，他应当悲伤，流泪才对。庄子说，为什么呀？那是你不明白大道的缘故。你看她本来是没有形体的，后来机缘巧合，在道的运行中有了身体，也就有了她。她是道的一部分，她从道中来，现在又回到道中去了。这不是挺让人高兴的事吗？这个寓言告诉我们，其实不仅仅是人如此，这个世界也如此。我们所有的人都是从道中来，最后又回到道中去，是因为我们不认识道，不知道道是什么，以为是无穷的黑暗，甚至是虚无，所以害怕，因为害怕便认为死亡是一件可怕的事，是应当悲伤的事。庄子说，那是因为你不明白大道啊。

我们总在寻找中国故事，找不到，这不就是中国故事吗？它在解释一个巨大的道理。道在西方人看来，就是宗教中的上帝，哲学中的存在，但双方的解释各不一样。上帝是有，存在也追求有，可是，道既是有，也是无，在有无之间。道是"生而不有，为而不恃，长而不宰"。

中国文化中的道有两端，有与无。这是老子一直在阐释的道理，也是《易经》中的思想，一阴一阳谓之道。阳是有，阴是无。阳是能看得见的世界，阴是看不见的世界。阳是动，阴是静。所以，在老子的世界观里，祸福相依，生死共一。他是整体性世界观，是真正的"一"。这个"一"，到《易经》这里就变成了"二"，然后是四象、八卦。在《道德经》里，是天地二象，然后有了人，便是"三"，然后看见万千世界。

而《易经》中的道便成为儒家所阐述的大道。儒道融为一体。儒家积极主动，敢冒天下之大不韪，道家则追求虚静，静才能天下正，一动一静，才是一体两用。

道是世界观、价值观、方法论等一切的整体，是中国文化中的"一"。这一点大家都清楚了吧，接下来我们聊聊"道法自然"中的"自然"。这也是一个关键词。

我在过去很多年的讲解中，查阅过很多人的解释。一部分人认为"自然"就是"道"本身，是道自己。还有一部分人认为是规律，持这种观点的人多是现当代人，他们认为人可以把握天地自然界的规律。还有一部分人认为道是自由。另有很多人认为"自然"就是我们现在说的"大自然"或肉眼能看得见的客观世界。这都是在不同历史阶段、不同的知识背景下对道的理解。我还是那个观点，当我们对广大无边的事情无法理解的时候，就用《易经》的一个方法，先从近处对自己进行观察，把自己当一个小宇宙，然后再从宏观的方法认识大道。

古人说，大道至简。想想看，古人都是在天地间观察整个宇宙的运行，这就发现了五种存在物，一是天，二是地，三是人，四是道，五是自然。前面四种都是被称"大"的存在，唯有自然不在四大中。我们先不思辨，再往简单想，越简单越好。人抬头看见的是天，低头看见的是地，仰视和环视看见的是什么啊？当然就是大千世界、自然万物。自然是不是就在眼前了呢？

但是，我们立刻就觉得也不对，因为眼前的自然那时叫万物，我们不认识。那时的自然是一种自在的东西。古代"自然"的"然"有主宰的意思，那么，"自然"也有自己主宰自己的意思，不由其他外在力量主宰。所以说，"道法自然"的意思在古代就是道顺着它自己的意志在行动，其实也就是自在的意思。但因为大自然确实也是按照它自己的意志在生长、毁灭，所以这种状态就是自然，那么，也就意味着整个宇宙世界都是按照道的自在的意志在运行，而非人的意志。

这样绕来绕去，其实还是要删繁就简地说，整个世界都是在自由自在地运行，这就叫自然，反过来说，凡是自在地进行着的事物都叫自然。这说了两个方面，一是我们目前所讲的大自然也就是大自在，这是自然物；二是我们不强迫、不勉强的一切行为也叫自然。

"这样不知道大家都能听明白吗？"我讲到这里时问他们。

金朝晖："可以，兆寿兄，我想我们这个节目不是要给研究者看的，而是给普通人看的，所以尽可能地要把难懂的专业知识和学术语言简单化，大众化，甚至日常化。"

"是的。我这样来讲的时候，其实我也是从纷繁复杂的学术系统中挣脱出来，其实也是把道从各种知识的误解和捆绑中解放出来，使它重新像空气一样运行在周遭世界，包括我们的呼吸与日常中。"我说道。

中庸之道

金朝晖看了看几个同学，大家都有些恍惚。他问道："那么，第二个特征，也就是你后来确定的第二个词汇是什么。"

"中庸之道。"我说。

他说："好啊，我在你的《重建家园》那本书里看到你不断地在谈中庸之道。我正想听听你的理解。"

　　我喝了口水后说道："举个最简单的例子，比如，翔宇原来是学习舞蹈的，她过去接触影视专业不多，同样，昱茗是学播音的，听起来与影视很近，但事实上也没怎么学过编导和电影等，他们现在都是戏剧与影视学的研究生，跟着我研究影视，基本上都是从头做起，要补的课非常多，文学是最基础的，然后是影视理论，但根据我对学生的培养要求，我还希望他们在文史哲和艺术史方面都有很厚的基础，将来必然厚积薄发，如果现在不打这些基础，将来就肤浅得很。那么，对他们的培养如果是一个要求就不是道法自然，就是强迫，且事倍功半，对专业会产生恐惧、厌恶心理。如果从他们各自的特征出发，去找他们的规律就是道法自然，也是中庸之道。比如，我让翔宇主要研究电影中的舞蹈现象，她就忽然有了基础，像踩上了一个镫子一样，然后就可以向上攀登了，而让昱茗去朗诵一些诗词，让他对文学发生兴趣，再进一步引导到文化方面，然后再去研究影视，就会很厚实，也有了路径。

　　"这告诉我们中庸之道的原理仍然是道法自然。但只是一个比喻，说明理解中庸之道也不是很难，且可以从生活中发现这个规律。

　　"我现在要说的是中庸之道是建立在道法自然基础上的方法论，是中国人处理万事的原则。大至国家，中至集体和家庭，小至个人之间的小事，都可以用它？

"因为后面要专门来讲中庸之道，这里就先不多讲了。"

礼教之道

金朝晖问："第三个特征是什么？"

"礼教之道。"我说。

"为什么呢？礼，好像是孔子专门在提倡的内容。"他说道。

"是的，孔子主要提倡的是仁和礼。礼是形式，是行为方式，仁是其精神本质。"我答道。

"为什么不是仁义之道？而是礼教之道？仁义之道又放哪里呢？"金朝晖不解地问。

我喝了口茶，郑重地说："过去我也觉得是这样，甚至于觉得有了仁义等道德外，礼就可以随意了，后来有一段时间认为礼与仁义道德这些可以分开来讲，但怎么也讲不通。直到我把道法自然的基本原理和中庸之道的方法论弄清楚，再来看礼的时候就觉得有些眉目了。

"你看，中国古人所说的礼就是我们现在所讲的伦理，也是西方人一直强调的伦理。孔子之所以把《礼记》放在六经之中，是因为不学礼，无以行。礼是什么呢？是人与自己、人与人、人与家庭、人与社会、人与天地之间交往的伦理秩序，是道路。没有了这些伦理的约定，人就没有了秩序。而这些礼一旦化为行为便产生了一种精神，便是德。这个德做到什么程度最好呢，就是达到和的境界，这就需要中庸之道的方法论来解决。

"所以说，礼是器，仁是道，是人的一体两用。人只要以礼的方式来行为，就会产生相应的德。而用礼的方式进行教化，已经形成了我们文化的传统，所以叫礼教。"

金朝晖说，"我插一句，兆寿兄，为什么非要用'礼教'这个词，我记得你用过'礼仪'这个词，不能代替吗？我的意思是人们对'礼教'一词的理解上有歧义。"

我明白他的意思，看了他一眼，说道："是的，鲁迅先生等新文化运动的先驱们对礼教进行过猛烈的批判，认为这就是阻碍中华民族前进的腐朽文化，同时，在他的文学概念里，'礼教'二字就可以代指中国儒家文化。可以说，他的这种认识是非常深刻的。后来，金庸等又用一系列的文学作品进一步批判了君子、礼教这些概念。他俩用的文化资源是一样的。鲁迅用的是西方文化资源，提倡平等、博爱、民主、科学，确实与中国传统的礼教水火不容。金庸用的是佛教和道教，尤其是佛教的文化资源。历史上，道教就是否定儒家的，因为在道教的天地大道看来，儒家的人道主义的伦理观念实在太小了。而用佛教的空相观念来看，儒家的仁义礼智信等这些道德太偏执了，在浩荡历史中简直不值一提，因为人类历史本身就是空。

"今天来看，我们要感谢这些文学先驱们和武侠小说家，是他们在中国文化的新陈代谢中起到了'驱邪'的作用，起到了洗肠胃的作用。一百年来，我们一直在接受西方的一系列观念，其中，平等思想可以说是深入人心，但如何平等则不知怎么办。在武侠小说那里，我们也对道家和佛教有了一点点认识。儒家的礼教几乎对中国人再起不了作用了。但是，另一个问题也产生了。中国人之所以有礼教，是因为一系列的文化和观念在支撑，几千年来我们接受它是有基础的，现在西方人的观念（其实是没有多少观念）我们有怀疑，因为基础不牢。

"所以，我曾经想用'礼仪之道'来代替'礼教之道'，但总觉得太轻浮。在当代，礼仪已经被抽空了内容，成为一些社交场合的假面舞会，但是，礼教不同，它意味着通过礼达到一种社会的教化，它犹如宗教一样，能深入人心。所以，我仍然要用'礼教'一词，只不过我要重新提它，重新去解释它。"

君子之道

"最后是君子之道。"我说道。

"如果说道法自然是基本原理，中庸之道是方法论，而礼教之道是行为准则和道德观，那么君子之道就是人格理想，即前面所有这些文化最终要塑造一个君子一样的人和崇尚君子文化的社会。

"道法自然和中庸之道是礼教之道和君子之道所遵循的原则和方法，反过来讲，礼教之道和君子之道是道法自然、中庸之道的实践结果。它们之间有严密的逻辑关系。如果说古人没把这个问题说清楚，是因为在古人看来，这个不需要再去说了，但自从有了西方文化后，西方文化的逻辑观念一直在要求中国文化的学者告诉人们中国文化的逻辑是什么，现在大致有一个了。"

金朝晖听到这儿，突然说："兆寿兄，你刚才说西方文化的逻辑观念，我一直有一个困惑。你说西方人的逻辑是一种逻辑，难道中国儒家所创立的礼教文化就不是一种逻辑了吗？另外，你刚刚说儒家总是被道家和佛教解构，西方文化之所以在中国扎不下根是不是也与道家和佛教有某种关系？"

我笑道："这也是目前很多中国人不平的地方，当然，我们不能那么小气，我们要包容西方文化。西方文化是两希传统，一个是希伯来文明，是后来进入罗马的，它强调有，强调服从上帝意志，缺乏一定的逻辑性，但它被另一种文化补上了，这就是古希腊文明。古希腊文明我在前面讲了，是海洋文明，是当时海洋文明中最发达的。因为在岛屿上生活，人们面对大海和少量的农牧业，正如钱穆先生所讲的有内中不足的问题，需要去侵略别的地方建立殖民地。同样，自身也需要保护，这样就自然建立了城邦。他们把农牧产品和海上得来的东西拿到一起交换，就有了最初的商业。这种形式后来发展得很快，一方面，商品经济的发展促进了经济学的发展，而经济学要发展首先要发展数学，所以数学很发达。另一方面，城邦的秩序需要稳定和发展，所以就有了哲学。这就是今天我们所说的古希腊的哲学是有数学基础的缘故，进一步说，哲学得有科学的依据。数学其实也是经验的基础上发展来的，比如，一加一等于二，这是经验的总结，不是谁发明的，也无法证明。我们小时候知道中国的数学家就一直在证明这个问题，我总觉得他是反着来做了。后来学物理就知道，公理是经验论，无法证明，定理是在公理的基础上发展来的，说到底，其实是天地间本来就有的东西，被我们发现了。这在中国文化中就是自然之道。但人们认为这是科学，是西方人发明的。

"然后，西方人拿这个特点来给学术确定了标准，很多中国人也信，说研究哲学没有科学是不行的。这个是肯定的，中国人的道法自然就是道法科学，只是在自然的基础上多了一份更自由自在的精神。所以，根本上说，还是我们中国人没有把自己的文化弄清楚，其实，东西方文化从根本上说都是道法自然。"

金朝晖说："嗯，你这样一说，倒是解决了一个大难题。"

我说："现在来看，我们都是从科学出发，都是从自然出发，来为人类定伦理，定方向的，不是谁随便发明个什么，中国人就跟着怎么走。中国人没那么傻。中国人是讲道理的，这个道理就是天地的道理。科学的法则和逻辑是什么？不就是天地法则吗？不就是宇宙法则？难道说西方人还能创造出一种与天地宇宙不同的法则？

"刚刚你提到道教和佛教，我想说的是，首先，这两种宗教文化遵从的基础就是科学，其法的原理就是道法自然。道教尤其如此，总是把自己放置在天地之中观察、归位，所以对靠人道主义的逻辑而建立起来的道德不屑一顾。佛教也是如此。古希腊文化的基础肯定是科学，这个没问题，所以西方哲学是道法自然，问题在对希伯来文明和后来的基督教文明的认识出了问题。

"什么问题呢？

"犹太教和基督教文明是上帝教导下的文明，是上帝文明。最初也是科学的，如讲天地之初，世界是混沌的，上帝的灵运行在其中。这与老子说的道是一样的。问题在于，上帝命令人要遵守的道德没有严密的逻辑论证，直接就颁布了。罗马时代古希腊哲学对它进行了论证，但是这种论证后来很多都被文艺复兴时期的文人推翻了，尤其是被近现代以来的哲学家所反抗。你看，黑格尔之后都是反上帝的哲学家，为什么？因为人类要自己掌握自己的命运。所以近百年来如果有持久的战争，那就只有一个，即科学与宗教的战争，其实也就是人与神的战争。

"说到底，人要知道为什么这样做。问题在于，近现代以来的知识分子都是从已有的知识出发，而不是从天地宇宙出发，所以，产生了人道主义，但它被怀疑；产生了各种各样的存在主义思想，也被一一怀疑，甚至否定；最后产生了后现代主义和后殖民主义，它们是什么呢？其实没有系统的思想了，它成为一种姿态，意思是，反正我就是不认同你，我就是要反抗，你能怎么样？

"也就是说，我们后来的知识不是少了，而是太多了，我们忘记了原初，以为已有的知识是我们的原乡。这是大错。我们必须回到真正的原乡，即天地间，才能真正认识大道。"

《易经》大道

"现在我们重点来谈谈道法自然。道法自然的首要大法是《易经》。"我说道。

"为什么？"我的朋友金朝晖问道。

"《易经》是中国文化的开始，是儒家经典中的首经，同时，也是道家遵循和学习的'古之道术'。最初，《易经》没有讲天地是怎么生成的，只说天地有两仪，一阴一阳，有八个卦象，即自然界中的八个最大的现象，天（乾），地（坤），山（艮），水（坎），风（巽），雷（震），火（离），泽（兑）。天地为两仪，四象也可以看成是东西南北四个方向，震为东，兑为西，离为南，坎为北。当然，这已经是后天八卦的方向了。具体的知识可以到《易经》那一章时我们再详讲，今天只是说个大概。

"从某种意义上讲，《易经》给我们画了一个世界，也就是最初的世界观。人在中间生活。据一些人考证，《易经》有三易，即最早的《连山易》，后来的《归藏易》，最后的《周易》。

"据说《连山易》为伏羲所画，属于先天八卦。伏羲到底是哪里人，现在的学者众说纷纭，河南的学者说是河南人，甘肃的学者说是天水人，还有其他地方的学者说在别的地方。都在为自己的家乡争荣誉。这是带着感情的学术，古今都一样。古代是求得学术上的正统，今天不仅如此，还有旅游等文化产业的经济利益。我们是甘肃人，从情感上是支持甘肃说的，天水有卦台山、伏羲庙、女娲庙，再往前还有八千年前的大地湾，江泽民总书记还题了词，这都是证据。但如果把伏羲拦截到甘肃，河南的学者和老百姓不同意。那里也有很多证据。怎么办？

"其实，我们进一步看，有的学者说，伏羲是一个古代的部落，从黄河上游一直迁徙，后来到了中游，至少有三千年的历史。哪一个人能活三千年呢？所以说是部落，当然也可以说是部落首领中最伟大的首领。但这个人肯定是存在的，不能因为说时间长，又是集体就抹杀了个人。比较中肯的说法是伏羲所代表的部落在这些地方都生活过，他们的首领伏羲发明了——或者说发现和总结了天地间的八种现象在左右着我们的生活和命运——然后他们一直在不断完善这种思想，天水的卦台山也可能是伏羲画八卦的地方，也可能是祭祀伏羲的地方，河南也是祭祀之地。因为人们忘了中华民族最初是从昆仑山上下来的——中国的神话传说说明了这一点——所以凡是与昆仑相关的地方也可以说伏羲在他们那里。

"总之，我们的祖先伏羲画了八卦，第一次为我们在茫茫宇宙中确定了方向。从此之后，部落首领说，大家往震位走，就知道往东走。我们还没有在其他世界文化中看到这样一种类似的创造。我们看到《旧约》中上帝所指的方向是沿着河流走，河流即方向。今天我们可能觉得这样一种世界的方向不重要，因为我们有很多种知识来确定方向，但我们迷路的时候就一定会明白这是非常重要的。在上古时代，人类就像蚂蚁一样，不知道往哪里去。现在好了，圣人为我们指明了方向。

"然后，圣人又告诉我们，这八个现象相互作用，在影响着天地间的事物，同时也影响着人类的命运，但不知道怎么去解读，所以，就去问鬼神。这就是巫术。把问过的事情和结果写下来，慢慢总结经验，发现其中的奥妙，这就是爻辞。所以说，中国文化的起源有两种力量在里面，一是人的力量，即伏羲画八卦；二是神的力量，预测。从那时起就是人神一体。所以，也有人说伏羲是一个大祭司，因为八卦是巫师的占卜方式，是术。

"有人说《连山易》被后来的风水学继承，因为目前对先天八卦众说纷纭，所以孔子以来的风水学用的卦仍然是《周易》。这话当然也有问题。风水学是什么时候诞生的，我们并不清楚。据说很早就有关于风水的著作《青囊经》《青鸟经》，所以也有人称风水为'青囊'和'青鸟'，但从目前的典籍来看，风水最早见于晋代郭璞所著的《葬书》，他说：'气，乘风则散，界水则止；古人聚之使不散，行之使有止，故谓之风水。'好的地方，普通人的感觉就是能聚气，背风，说明能避寒冷，有水，水代表有吃有喝，有草场。其实，我们不要把它太神秘化，就把它当成一种地理学来看。那时，人们过的还是游牧生活，且主要在山上。风水二字就能简单地说明游牧民族寻找聚集地的法则。后来便被沿用了下来。

"《连山易》并没有流传下来，《归藏易》也没有。据说，《归藏易》被中医继承了下来。此时，已经到农耕时代，属于大地上的思想了。黄帝时代，大概用的主要思想就是《归藏易》，当然这也只是一些学者的推测。我也是这样推测。《黄帝内经》等经典就是对四时的理解，当然也运用到人身上，中医就是靠它们发明的。你们看，这两种《易经》都是因地制宜，说的大都是自然界的事，当然，那时是万物有灵的时代，自然界也是神界，所以巫术盛行。

"但《周易》就不同了。一是《周易》在周文王的时代被演化为六十四卦，且卦向重新确定了方向；二是《周易》被广泛使用，且主要用于人和社会的治理；三是《周易》经过孔子的编辑和写作，有了一个完整的解释系统，且被孔子加入仁、礼、君子等内涵，成为一部儒家的经典。

"再简单一些说，《周易》之前的《易经》是粗线条的，对人的判断常常要问神才知道，人解释的时候很难，这从现在我们出土的甲骨文上可以看到，所以，周文王就想进一步改进这种圣人之法。八卦显然太粗放了，所以他就演绎为六十四卦，然后加上六爻，又把人的社会关系加入六爻之中，以此来演卦。

"现在看起来，这是非常了不起的。相当于把人看透了。所有的力量、所有的社会关系都可以看成父母、官鬼、妻财、兄弟、子女五种力量。它们决定了一个人的所作所为能否变成现实。这是不是属于社会学、政治学、心理学的范畴呢？可见，圣人们对当时的社会观察是非常清醒的，没有任何偏见。然后，再运用阴阳五行学说来演化。这就是道法自然。

"汉代的京房又把天干地支的时辰装进六爻，进一步发展了这种方法，但是，一方面因为发展到这一步时需要的知识太多，掌握它太难；另一方面也因为它在占卜方面更准确，使人觉得有了'神力'，变得神秘化，所以便被少数人掌握，且慢慢流落到了民间。

"北宋时它又发展了起来，运用更为广泛。北宋五子中张载有著名的横渠四句是什么，你们两个知道吗？"

朱翔宇和王昱茗相互看了一下，王昱茗说，"是不是'为天地立心，为生民立命，为往圣继绝学，为万世开太平？'"

"是的。"我很高兴他们能知道这些。我又进一步问："这里面的'绝学'指的是什么？"

我看着朱翔宇，她笑着说："老师，是不是指的是历代圣人们所创立的学说？"

我又问王昱茗："你说呢？"

他说："我也觉得是这样。"

我笑了笑，说道："过去我也是这样想的，因为每一个圣人都有最大的学说，但这太笼统。去年以来，我在讲北宋理学时想过一个问题，为什么是北宋五子之一的张载提出了这个问题，他的时代背景是什么，他又是如何思考这个问题的。所以我研究了一下北宋五子的学说，发现他们共同对《周易》产生了巨大的兴趣，成就最高的当数邵康节，其他人则在研究《周易》对社会文化的影响，都有大成就。这时候问题就显而易见了。张载所说的绝说主要指的是《周易》和它所运用的五行学说、天干地支等学说，属于对自然大道的理解。从今天来看，也属于科学。所以，他们的学说后来才概括为理学。"

金朝晖这时插话道，"兆寿兄，说到这儿，我想问问，为什么后来我们把《易经》视为迷信？"

我顿了一下，端起茶杯，喝了一口。茶有些凉了，学生又添了些热水。我喝了一口，嗓子也湿润了一些，说，"这是我们近百年来民间问得最多的问题之一，也是中国学术界最大的疑问之一。现在很多搞古典文学、历史甚至中国哲学的教授都仍然觉得这是迷信。我们国家的学问发展到现在，越来越精细了，越来越专门化了，宏观的研究倒是少了，大家对宏观研究还看不上，让博士们都做非常微观的研究，全是资料的堆积。他们一看见那样的东西，就会想当然地认为没什么问题了，但对宏观的论文就很挑剔。这也难怪。这样的学者们都是蹲在自己圈定的屋子里，不看天，不看地，只看他那间屋子，一天天地打扫，一天天地重新摆放，他就是那间屋子的权威，然后有一天从屋子里走出来，就不知道别的屋子里是什么样了。但他们也可以轻易地用他们的研究方法否定别人。我们可以想想，现在研究其他学问的人还去研究《易经》吗？我们现当代文学的学者们大都不会去研究，搞影视学问的人就更不可能了，他们的眼睛都看着国外。这样的话，不研究就不知道，不知道就只能采用过去人的话，这也算是有据吧，而大多数时候，人们会采用鲁迅、胡适的观点，一概否定了，一盆水都泼出去了。真是可悲！

"我接触《易经》是缘分，也是为自己的无知。按教科书的内容给学生讲，是不会有问题的，问题在于自己，那就是如何理解和回答自古以来，特别是百年来中国遇到的很多大问题，特别是五四以来关于中国文化的问题。中国文化何去何从？它还能给中国带来福祉吗？能给世界文化贡献自己的力量吗？显然，那些仁义礼智信方面的内容大多数人已经在怀疑或否定，那么，中国文化的根本是什么？还能有救吗？

"到民间去，很多人遇到一些问题时会问我，你是文化研究者，请告诉我们是怎么回事。比如，他们会问一些与礼教相关的问题，也会问一些与《易经》相关的问题，这个时候，我就不知道怎么回答他们了。起初，我觉得那些问题是值得回答的，后来观察民间有人能回答，就觉得自己能力不足。

"我便常常去读《易经》，家里买了很多关于《易经》的书，四库全书版本，还有民间的很多版本，但那些字都认识，道理也懂，就是不懂怎么得出的结论。那时候，你就觉得自己的智商不够。大概这样的日子过了十几年，后来我就向民间学习，去请教那些民间的术士们是如何运用《周易》的。他们各有一套自己的方法，与我们这些书生们看到的不一样。逐渐地，我明白了一些大的道理，他们的数术原理我也是能够学习的，而且那些数术原理遵循的是阴阳五行和天干地支等法则。

"所以，我接下来要讲的是道法自然的第二个方面，阴阳五行。回头再来讲《周易》。"

金朝晖问："你的意思是阴阳五行、天干地支和《周易》是一个整体？"

"是的，后来都被整合到一起，解释能力强大了，但知识系统也复杂了。"我说道。

阴阳五行

"我先说明一下，你们现在听我讲《周易》和阴阳五行等，先明白一个大概的思想就行，后面我会专章来讲，如果我现在讲得很专业，很系统，你们一定听不懂，不好消化。有一个问题我想问问你们。"我看着他们，他们都微笑着看我，我说："翔宇，我问你，你是阳还是阴？"

翔宇笑着："不知道怎么回答。"

我继续问："从古老的男女文化来说，你是女孩子，属阴，对吧？"

她笑着点头。

"但你们现在肯定不认同古代文化中的男尊女卑思想，对不对？"我笑道。

她说："那是自然，现在恐怕也没有哪个女孩子会那样认为。"

我笑道："那么，你若找一个男朋友，你们之间谁是阳，谁是阴？"

她笑着不说话了。

我说："你看，这就是现在的问题。我们也可能不会像周公那样强行把男人确定为阳，让他主外，把女人强行确定为阴，让她主内。现在是平等社会，谁强谁就是阳，谁弱谁就是阴。这样说，是不是符合你们现在年轻人的心理？"

她笑着不说话。

我说："其实，我们那一代已经是这样了。所以，我们的社会问题很多，离婚率越来越高，但我们不怕，为什么呢？我们的标准不是来自理性，而是看西方。你看，我们的离婚率远比西方人低，就不怕。甚至，我们还会有人认为，什么时候离婚率与西方人一样了，我们的社会才真正进步。这到底是什么道理啊？西方人吃他们的苦头，我们却以为那才是进步。"

我看着王昱茗，问他："你们现在的青年是不是都有这样一种想法，谈恋爱不一定是为了结婚，哪个人合适再考虑结婚，而结婚后若是不行，就离婚，再找，若找不到，就单身过。单身事实上也挺好，一个人吃饱，全家不饿，反正有一部手机，有一只宠物，就足以过一生。"

他看着我笑，然后说："可能有一部分人是这样的。老师，你帮我们分析分析吧。"

我这才对着金朝晖说："我们那代人，是过渡代，对恋爱和婚姻都很重视，但是，我们那代人也没能处理好家庭关系，从很多文学作品看，吵架、打架、离婚也是常有的事，但离婚率还是低一些。"

他郑重地说，"我们还很珍惜婚姻。"

我说："但我们给后来的这代人传播的思想有问题，因为他们所接受的内容是我们这代人给他们的，至少是我们允许的。我们还有家，还有厨房，还有孩子，所以，有些东西把我们束缚着，家就散不了，打架是打架，但家还在。现在，这一代人都是不做饭，点外卖，或吃快餐，都是奔自己的事业，都呈'阳'性，没有人为家庭付出。我的意思是一阴一阳谓之道对于古人来讲，这个方法就处理了家庭问题，现在其实也是可以的，但它要自然生成。怎么说呢？就是两个人在不断的磨合中，看有没有一个人为家庭多付出点什么，如果付出了，那就有一个人让着另一个，呈阴性，然后这个家庭就可以维持下去了，如果不让，这个家庭就很难维持。"

朱翔宇说："老师，我明白你的道理了，就是说我们以后在家庭生活中，得有一方多付出一些，得让着一些。是这样吗？"

我笑道："道理是这个道理，但每个人的个性是长久养成的，反正难啊。这就是今天中国社会中家庭出问题的主要原因。"

金朝晖笑道："好，这样开头来讲阴阳五行，挺好。这是家庭，那么，在社会治理和国家管理中，我们的先人们是怎么来运用它的呢？"

我回答道："先说说这是不是科学。这是首先需要解决的问题。这是我们现代人的思维。阴阳，我们都明白了，前面已经讲过一些了，比如，天地间的事物只要两两发生关系，都可以用阴阳来处理。天和地，太阳和月亮，白天和黑夜，男人和女人，这些就是最简单的阳和阴。在数字里面，单数为阳，双数为阴。也就是说，一是阳，二是阴。你看八卦里画的那样，一就是阳爻，把一从中间分开为二就是阴爻。阳为动，阴为静。

"说到这一点，我在研究两性文化时认真地研究过一些科学问题，它们可以被当作伦理的问题来进一步研究。从宏观上来讲，太阳是动的，白天大家都上班，万物也在运行，同时主要表现为有热量，而月亮是静的，万物都在休养，人也在休养，主要表现为热量降低。所以，《周易》的《系辞》里说，天行健，君子当自强不息，可以说天主动，又说，地势坤，君子以厚德载物，可以说地代表的是静。但其实，这是宏观上看。微观来看，大地也欣欣向荣，在运动，所以，大地上的事物又是一阴一阳。这就是自然之道。

"现在我说的是另一种微观。我们对男人和女人的阴（静）阳（动）一直是怀疑的，特别是这一百年来女性觉醒，女人也要求主阳，大家都不知道怎么去解释。过去我们是道法自然，现在没法解释了。我们可以来看看实验室里的情况。科学家们对精子和卵子的活动情况进行了观察，发现每当发生性行为时，卵子只有一个，且一直是静静地守候精子的到来，但是，精子有很多，多则十万左右，这些精子长途跋涉去与卵子汇合，最后有一个精子与卵子相结合，其他的精子要么死在半路上，要么被拒绝。科学家们采取了达尔文主义的观点，认为是最强壮的那个精子与卵子结合了，但我以为，是有缘的那个精子与卵子结合了，因为如果是最强壮的精子获胜，那么，后代就不会有各种疾病，事实上不是，它们的后代总是带着各种各样的疾病和信息来到世上。我说的这个缘即佛教所讲的缘，也是上帝所讲的命定的结果，同时也是中国文化中的自由精神所作用的结果，总之，他们两个结合了。这就好像人世间的姻缘一样，两个最强壮的男人和女人恰恰不可能成为夫妻，可能是一个柔弱一个强壮，符合'一阴一阳谓之道'的原理，也常常是最优秀的人不可能在一起，也是同理。

　　"这种微观观察应当是最小的观察了，我想不会还有比它们更小的事物了。它说明精子是呈阳性，是运动的，而卵子呈阴性，是静态的，所以把男子确定为阳、女子确定为阴是符合科学规律的，至于平等与否的事情则是解释的问题。从这一点上来讲，我真是很佩服我们的老先人，他们竟然能这样来确定阴阳，但后来一想，其实也很简单，因为在老祖宗那里，他们一直认为天人合一，再微小的事物与庞大的事物都是一理，都是道在作用。人与整个宇宙一理，人与各种动植物也是一理，道在统领宇宙、人和万物。

"下面我们说说五行学说吧。五行就是金木水火土五种自然现象，它们在相生相克中作用于世界，令世界永不停息地变化。春天属木，木生火，所以有了夏天，火生土（辰戌未丑月皆为土），未月就秋天，属土，土生金，这就有了秋天，金生水，便有了冬天，而水生木，又生出春天来，年复一年。一天的十二时辰也一样，也是五行相生相克的结果。这说的是时间。

"空间也一样。木在东方，金在西方，属于相克方。火在南方，水在北方，也属于相克方，过去不是说水火不容吗？中央为土。在中国人看来，太阳从东方出发，属木，十点至一点多变热，属火，便是木生火。火生土，土在中央。丑辰未戌时皆为土。土生金，就到申时和酉时，太阳西斜黄昏。然后到睡觉的时候，便是戌时。戌为土，在中央。再往前看，是申酉时分，属金，金生水，便是亥时和子时，亥与子皆属水。又是一个轮回。

"时空在一起，说空间是以时间为纬度，道时间又是以空间为界限，最终以五行来运行。"

金朝晖笑道，"兆寿兄，你这么一讲，还真是有趣，我们一般人思考时空往往是时间在行走，空间不大关注，你这么一解释，每一个时间的变化其实也是空间在运动，你把人放在一个永远运动不息的环境中了，所以我就明白你说的整体性概念，不能追求绝对性。"

"是的。凡是追求绝对的一成不变的东西，都是徒劳，当然，人类总是想在这种变化中寻找不变的东西。"我说道。

"找到了吗？"他问道。

"应当说找到了一部分，这就是我今天所讲的自然之道，是《易经》思想，是五行大法。"我说道。

"那你说的五行，还表现在哪里呢？"他又问道。

"在万事万物中，先说说自然界。你看最朴素的就是我们拿斧头砍木头，是金克木，但木性的东西又可以克土，你看，春天属木，它到来的时候，所有的树种都破土而出。"我说道。

"好壮观的景象。"金朝晖感慨道。

"土呢，又克水。古人说，水来土掩。我们在大地上建立了很多大坝，都是用来圈水的。从大里说，大海是以山为岸，岸是土。更不用说大江大河，都有岸，岸属土。"我说道。

"那么水呢，水克什么？"他问道。

"水克火。大火一起，众人都是拿水来灭火。"我答道。

"火呢？"他问。

"火克金。在火炉面前，再坚硬的金属都将被炼化，变成水。这又是金生水。这又是五行另一个方向，相生的方向。一有水，我们这些北方的土地就有了草木，这叫水生木。我们现在就是缺水啊，不然，大西北如此辽阔的大地怎么能不荒凉呢，怎么能不富饶呢？"我说。

"木生火，这个我知道。我们在拍摄的时候，有时候是晚上，大家就拿来树枝点上，就生火了，火就是温暖。"金朝晖说。

"是的。火又可以生土。人们取火后，木头就变成了灰，灰慢慢地就融入了土。而土里又可以挖出金属来，就是矿藏。"我笑着说。

"五行也是一个轮回。"金朝晖说。

"是的，这又是道法自然的一个规律。轮回思想产生于农耕文明，属于东方思想，中国和印度的思想里轮回观念很强。这就有了我们历法中的六十一甲子的观念，有了《春江花月夜》里的追问，也有了李白'光阴者百代之过客'的诗句，也就有了佛教中六道轮回的思想。"我感叹道。

"地狱的产生是否与轮回观念有关？"他问。

"是有关系。人在现世所做的一切怎么盖棺论定？有些在现世就已经得到很好的化解，功是功，过是过，都有定论，也有相应的命运来承担，但是，很多人的善功和恶果并未得到现世的评论，人不服啊。这可怎么办呢？所以，中国古人和印度古人都是一个想法，就有了阴间——看，阴阳在这时候很明显，人间是阳间，人死后去了阴间——它是干什么的呢？要让人为在阳间的事负责任。所以就有了地狱，专门来评判一个人在阳间所做的一切。这是古人用轮回之说进行的一次设定，以此来对现实世界进行管理，使善者乐于行善，使恶者知止。"我说道。

"真的有地狱吗？"他疑惑地问。

"现在我们是不相信了，但古人信。我们讲的是传统文化，就应当先真实地恢复它的真面目，再进行扬弃。关于这一点，我们到讲孔子的礼时再讲。我现在要说说其他几种文化，犹太教、基督教等都有地狱之说。虽然他们不是我们东方的轮回之说，但大体上也有轮回的思想。也就是说，古代大的文明都有这样的思想。当然，它们都是宗教。宗教就是教人行善事、不做恶事，但它发展过头时便行恶事，所以，不是所有的宗教都好，或都邪恶，它要行正道，就向着善，行邪道，就向着恶。"我说道。

"我记得你在《重建家园》一书里谈过五行学说对中国古代政治的影响，能再通俗地说说吗？"金朝晖问。

"五行学说最早产生的时间现在不能确定，有些说在春秋战国，这个说法是考证说，只是说那时有了记录；有的说在商代，这是根据商代的一些文化来猜测的；还有人说在黄老之术，因为《黄帝内经》中有五行思想，这个也不能确定，因为这本书是集体创作，长时间完成的，在春秋战国时确定了下来；也有人说在五帝时代，但也是猜想。学术的事情我们不妄下结论，让研究者继续寻找证据，但我们可以知道，无论是在黄帝时代，还是有明确记录的春秋战国时代，尤其是春秋战国时代是轴心时代，五行学说已经产生并广泛使用，就说明这种思想如同百家思想一样成为中国重要的思想之一。"我答道。

"中国何以为中国？"他问。

我答道："之前我们总是从《山海经》等著作里的字面意思去考证，都不能真正说明问题。但从五行思想就非常清晰地能看到这一点。五行思想中，土为中，四方为金木水火，木在东方，火在南方，金在西方，水在北方。中国就是中央之国。有些学者研究说，最早的时候指中原一丁点地方，后来变大了。这种思想恰好就是五行思想。天子所在地就是中国，四方为诸侯之地。用这种思想再看，黄帝有土德，土为黄色，所以被称为黄帝。太皞为木德，炎帝有火德，少皞有金德，颛顼有水德，分别代表春夏秋冬四季和东南西北四方。这就是我们四方的祥瑞之神。

"汉代时，五行学说被广泛运用于国家治理体系中，比如五德就是从五行而来，凉州和金城的命名也与五行和《周易》有关。我一直在想，在中国，有那么多的地方都比凉州要凉，为什么没有被命名为凉州呢？汉武帝在西域首先打下了凉州，要进行命名，总不能说那个地方比别的地方都凉就叫凉州，这个说法显然非常肤浅。武帝时，很多五经博士都在为国家效力，所以，定然有人一看武威所在之地在中国的西北方，就是乾位，而乾位反过来说在气候上就表示寒凉，恰好与五行学说和《周易》相一致，这不就是对国家学说的肯定吗？所以有了凉州。"

金朝晖说："那时，五行学说是国家的大法，但现在我们都不知道，谁要说五行，就以为是迷信。比如，谁说自己的生辰八字五行俱全什么的。"

我一听便想起一件事来，对他说："是的，我们现在都不相信这些了，不过，在我看来，它还是中国人生活中日常运行的一种潜在法则，比如姓名学说。我给学生们上课，第一堂课一般是与同学们相互认识，所以我把一个学生叫起来，让她介绍一下自己。那个学生站起来说，'我来自某某地，叫某某某'。我看她的名字有些特别，便问，为什么取这个名字呢？她说，我这个名字是有讲究的，因为我爷爷说，我的命里五行缺水缺木，所以怎么怎么地。那两个字给她加了水和木。我问她，这名字是谁给你取的。她说'我爷爷'。我笑道，你爷爷好有文化啊。后面的同学被她这么一说，竟然都按照这个方式来讲了，先说自己是哪里人，然后便介绍自己的名字。这下可令我大开眼界了。40 个同学有 30 个同学都是爷爷辈的人取名字，都讲究五行学说，剩下的同学则由父母来取，则是流行的一个词汇，或是鼓励孩子的词汇，一看就知道他们的父辈不懂这些，自然也是不信的。

"这是我怎么也没想到的活生生的教科书，我觉得这堂课有我讲的了。我便对学生们讲，今天我们就来讲讲你们的名字。这是中国传统文化中的五行学说，被古人运用到姓名中了，五行俱全的人被认为是有福气的人，不全者就要在姓名中补一下。新文化运动以来，这个传统被认为是迷信，很多人取名再不用这个方法了，所以取名'建国''援朝''国庆'等的人很多。最近几年，这个传统又被悄悄地用起来了。

"我们中国人的名字里就是自汉代以来一直沿用至今的三纲五常学说。名字有天格、地格、人格三个方面。

"我用我的名字举个例子吧。徐代表天格，兆是我们这一辈的用字，都不能动，只有一个寿字，代表我自己，是能动的。但最早我听我父亲说，是'守'字，我二弟是'国'，小弟是'保'。这三个字很有意思，这也是我后来越想越有意思的地方。我父亲并不知道我们兄弟三人的命运，当时也是请人取的名字，他的意思是反正三个人共同要把家守住。后来，我二弟就一直留在老家，在本地工作，照顾父母，守着我们全家的家底。用阴阳先生的话说，这就是本，老家是阳宅，是我们的根。而我和三弟都到外地工作了，都经常回家看望父母，但也是从另一个方面在守卫，在保卫。

"但是，奇怪的是，后来我和三弟的名字都被改了。我们也曾回忆改的时间，一说是人口普查的时候，二说是后来办身份证的时候，三说是我们上师范的时候，总之，后来不知不觉被改了。最重要的是，我们自己喜欢各自的这个字，所以从根本上来说是我们自己改的。我不知什么时候把'守'改为'寿'了，上大学的时候，有同学就开玩笑说我是老不死的，因为兆是指万亿啊，我要活那么长啊。可是，我慢慢地就喜欢上了古文化，你瞧！我在四十岁之前是特别热爱西方文化，看的西方文学作品远比中国的多，但因为是中文系毕业，到底也看了一些中国的书，所以，四十岁以后再拿起中国传统文化方面的书便觉得如见亲人，很多人就转向这边了。有人没见我之前，看见我的名字和文章，觉得我定然是一位七八十岁的老爷爷。等我写了《鸠摩罗什》之后，又有新说。一些研究过佛教的人见了我就说，你的名字厉害啊，兆寿的意思是无量寿佛啊。我一听就吓一跳，赶紧说不敢不敢。又有人说，幸亏你这个名字里有一个徐字，是'慢慢地'的意思，所以中和了你的兆寿两个字。这又是阴阳平衡的思想。有一次，我碰到一个道家高人，他一看我就说，你这个人一生之中都是小病不断。我大惊，你怎么能知道？为什么啊？他说，你的名字是要活万亿年，与我们的无量天尊一样了，不早夭就算是好事，所以要多行善事，多修行，也就没事了，但这就是你多病的原因。我一听也颇有些道理。便问他，我能长寿吗？他笑道，那要看你的造化。结果是未知的，但他给我指了一条方向，行善，修行。我觉得也很好，这正是我后半生要做的事。

"天地人是三才思想，这也就是名字里的三纲思想，只有一个字代表了五常，也就是我名字里的寿字。瞧，一个寿字，后边的道德指向仁，指向道家的修行，可不就是多行善事，多包容，就是老大的意思了吗？倒是把我归位了。还要多修行，多向道家和佛教学习。这几年，我从研究儒家慢慢转向研究道家和佛教。这不就是名字里所暗含的路径吗？"

朱翔宇和王昱茗都看着我笑。金朝晖说："还真是的，你这么一说，我们也回头认真地分析一下自己的名字对我们命运的影响。"

我笑道："翔宇是个女孩子，看上去挺柔的，但不弱，就是这个名字的原因，现在你可能还不清楚，将来会越来越觉得名字对你影响很大。翔是飞翔，父母希望你要有大志向，大前程；宇是大的意思。都是过去男孩子的名字，所以他们无形之中在你的性格中给予了男性的力量。"

王昱茗笑着看我，问我，"老师，说说我的名字。"

我笑道，"你的名字是五行俱全，阴阳合和，但这是从阴阳五行上说的，两个汉字对你也将产生很大的影响。昱，上面是日，下面是立，是一天的开始，也指朝阳，也有照耀的意思，所以性格开朗，积极向上，但也容易好高骛远，所以要踏实勤奋，就能平和这个字，"茗"字是茶的意思，往往是品茗的意思，有品位，有闲暇。你学的播音，现在学影视，将来我不知道你要做什么。但这两个字加起来有些虚了，不实，所以你现在要补的就是勤奋、踏实，把它们要平衡一下。

王昱茗笑着说，"好的，老师，我知道了。"

金朝晖这时问道，"兆寿兄，可以帮我说说我的姓名吗？"

我笑道，"朝晖兄，你的名字很简单，是一个意象，金色的朝阳，所以积极向上，富有诗意。这是一种非常好的意象。这与兄的性格、追求等都是一样的，是吗？"

他笑道，"太对了，那么，不足在哪里？"

我笑道，"金色的朝阳太明亮了，需要中和一些，要深沉一些会更好，所以需要更勤奋更沉稳。现在咱们都五十岁的人了，有些事做不了了，就需要在德行上加强，就平和中庸了。我俩都一样。"

他点点头说，"对，加强修养。"

天干地支

"现在我们来说说第三个大法，天干地支。

"这是对时空的把握，也是对自然规律的总结。在无穷的时间中，在浩瀚的宇宙里，我们人类总是觉得自己太短暂，太渺小，这就很容易产生虚无的观念。所以道家早期的思想里给我们透视着这样一种空旷的感受。这种感受在后来的小说《红楼梦》中表现得淋漓尽致。如果我们说儒家追求的是有，就是为现实给予意义和价值，所以给人确定伦理和道德，那么，道家便追求的是无，重新对儒家的伦理道德进行一个观照，这个观照不是对别的文化，也不是对别国的信仰和宗教，而是天地自然宇宙。道家往往把我们放在无限的时空里进行思考，这时候，人就回到了当初，回到了确立世界观的时候。

"所以人类有对于时间的确定法，也就是历法，都遵循一个法则，即自然法则。最初所有的民族都是靠经验来总结，即看着太阳或月亮对四季的影响而进行总结。总体来讲，人类的方法不外乎三种：一种是太阴历（阴历）、太阳历（阳历）和阴阳历。中国人的传统历法农历属于阴阳历，西方人用的属于太阳历，即公历。

"最早的历法由生活在两河流域的苏美尔人创造，大概是公元前 3000 年前，也是根据农业的需要而制定的。他们是看月

亮的阴晴圆缺来进行计时，也就是太阴历。他们把一年分为 12
个月，共 354 天。据说，古希腊的迈锡尼时代也是太阴历，也
与当时的农业相关。后来基本上用的都是阴历，只不过，它与
对诸神的祭祀相关。

　　"公元前 2000 年左右，生活在尼罗河边的古埃及人发现
河水的泛滥与太阳有关，根据泛滥的周期，制定出了太阳历，
这是公历最早的源头。后来罗马人用了这个历法，沿用至今。
基督教被确立为国教后，便以基督的诞生为公元元年。我们后
来用的公历就是这个历法。所以，也有人说，我们现在对时间
的观念是基督教时间，有开始，没有结果，像一支被射出的箭
一样，一直在太空中穿行。

　　"我们中国人的历法现在能说的主要是夏历，也叫农历。
据说在黄帝时期就有了历法，但只是传说，一直到了夏才被确
定下来。为什么能确定下来呢，就是采用天干地支来纪年。天
干地支的纪年是以每六十年为一个轮回而纪年的，也是东方的
轮回观念在起作用，当然也是天干地支的纪年有六十年的界
限。有界限也说明我们中国古人的节制观念。"

　　"兆寿兄，明白了，也就是说我们天干地支的历法和西方
的历法的区别在于，我们有轮回观念，西方的历法里没有。那
么，我想问的是天干地支为什么在夏代有了？它是中国人自己
创造的吗？"我的朋友金朝晖问道。

　　"这个问题非常好。"我笑着对朝晖兄说，"为什么好呢？自古以来我们都奉行我们的文化都是自己创造的，没有接受外来文化的给予，这种封闭的文化观使我们不承认我们与世界在发生关联。但事实上，我们在汉代就接受了佛教，佛教成了中国文化的一部分。在秦以前，特别在夏以前，情况又是什么样子，我们心里知道是多种民族的交融，但在文化方面我们又不承认接受外来援助。这是一种不开放、不客观的心态。

　　"比如说《周易》是我们的先人伏羲创造的，伏羲又是从哪里来的呢？传说是从昆仑山上下来的。黄帝是北方少数民族，也有自己的文化，统一炎帝部落后统一了很多部落的文化，这肯定也是一次大融合的时候。五行观念是星象学和地象学共同创造的，与《易经》八卦思想一样。但天干地支就有疑问。现在百度上就可以查到，十天干和十二地支几乎都是星象学的概念，与地理学有些关联，但主要以星象为主，这似乎与农耕文化有关系，更与游牧文化有关。最主要的是我们看最早的那些称谓，十天干叫阏逢、旃蒙、柔兆、强圉、著雍、屠维、上章、重光、玄黓、昭阳。后世就简化为甲、乙、丙、丁、戊、己、庚、辛、壬、癸。为什么简化为这十个字？是什么时候简化的？我们今天不得而知，但可以肯定的是，前面那些名字不是汉语，是外来语。"

　　金朝晖疑惑地说，"是这样吗？"

　　我笑道："我怕我的想法太幼稚，便在去年寒假时专门询问了好几个古汉语学者，也问过几个搞先秦文化的人，他们都不知道，有些人也有我的疑惑。我在查资料的时候发现，复旦大学历史系的葛剑雄先生也是持同样的态度，认为这些词汇可能是外来的。大家注意，我们都是说可能，还不敢说一定，因为也没有足够的证据。后来我又去翻昆仑山的另一支文化，即西王母所代表的文化。西王母国是古羌国的首领，与中国三皇五帝以及夏商时代都有密切的往来，更早的时候甚至就是中国的一个分支。从《山海经》中的形象和北方草原文化的发展来看，西王母是古萨满形象，她所代表的是古老的萨满教文化。萨满教被公认为世界最古老的宗教，崇尚万物有灵，是北方草原民族共同的宗教。但古代的萨满教文化已经失传，后来流行的是新萨满文化，现在也差不多失传了。我又看了一些萨满教的书籍，以及研究北方草原民族通用语言的一些著作，发现了一些迹象。所以，初步猜测天干地支是借鉴西王母所代表的星相文化。关于这一点，说起来很长，我在一篇关于凉州的文章中有一些论述，这里就不详细说了。我的意思是天干地支可能是黄帝时代向西王母学习文化的结果，也可能迟至夏代学习的结果，总之，我们在向那时的西方文化学习。那是第一次。佛教是第二次。现在是第三次向西方文化学习。

　　"这没有什么丢人的，这恰恰说明我们包容的心态和积极向外学习的精神。"

"兆寿兄这一点说得好，中国之所以伟大，是因为我们在文化上始终能够学习一切有用的文化，使我们成为最大的文化体，这也是我们的文化能够绵延至今的原因。"金朝晖说。

我说道："是的，天干地支就是我们向西北方的游牧民族学习的科学知识，那时它就是最先进的科学，它能把一天和一天的时间进行计算，且与五行学说结合起来进行有效的解释和运用。这种方法直到今天我们还在用。比如，我们现在婚丧嫁娶时，民间是要看日子的，就用的是天干地支和阴阳五行的法则。我们知识分子可能觉得这是迷信，但民间很信。"

"是不是知识分子太自以为是了？"金朝晖说。

"是我们接受了西方来的文化，而不理解也没有接受我们自己的文化的缘故，他们也不是故意的。比如我过去就不相信，现在知道了，且能够运用一些它的知识，也觉得挺有趣的。在我看来，这些法则就是古代关于时间、空间的法则，也是古之伦理。"我说道。

"我以为你也不相信呢。"他笑道。

"无知是我们常有的形态。"我说。"过去我们总以为有了现代科学就可以全盘否定古代的知识，现在才发现我们根本不懂古代的知识系统。我们所看到的只是道德层面非常肤浅的东西，深层的东西我们都不明白了。"

"兆寿兄，我问一个具体的问题，你说，我们有了天干地支后，它能指导我们一天或四季的日常生活吗？"金朝晖问。

我答道："当然能。比如，按照古人的方法，我们早上五点至七点应当起床，晚上九点至十一点应当睡觉，为什么呢？这两个时辰不是我们哪个皇帝随便规定的，而是道法自然的结果。五点左右是大自然中所有动物开始苏醒并活动的时候，属于卯时，卯在五行中为木，是生长的意思，此时也是太阳准备升起的时辰。道家修行和佛家坐禅都选择这个时辰。夜晚九点至十一点是亥时，五行中为水，是要安静休息的时候。修行者也往往在九点钟选择打坐，十点左右睡下，十一点左右进入睡眠状态。"

"但我们现在睡得都很迟。这是不是就会有问题？"金朝晖说。

我说："肯定有问题。我们的五脏也有五行的对位，肺和大肠主金，肝胆主木，肾和膀胱主水，心和小肠主火，脾胃主土。亥时能睡着对肾和膀胱有利，很多年轻人不注意，将来会在这方面吃亏。丑时为一点至三点，但很多人还在熬夜，这时候脾胃会不舒服。我过去不明白这一点，经常熬夜写作，到两三点时就觉得胃酸，时间久了就得了胃病。三点至五点是寅时，利于肝胆，睡眠不好或熬夜的话，肝胆就会受不了，反过来会影响五官上的病。辰时属土，对脾胃好，所以这时候要吃早饭，也就是七点至九点。如此可往后继续来推。

"同时，五脏又与五官相连。五官是目主木，与肝对应，眼睛不好，要注意肝有没有问题。舌主火，与心对应，所以人一着急就上火，是心在着急。看一个人有没有上火，一看舌头就知道了。口主土，与脾胃对应，所以有胃火时嘴上就裂口子，这就要治胃。鼻主金，与肺和大肠有关，闻你的鼻子，就知道大肠消化如何。耳朵主水，与肾对应，肾不好，耳朵就会出问题。这就是五行法则。

"所以，如果我们按天干地支的法则去休养，就要对应那些时辰去理解它们的伦理法则，然后按要求去吃住行，就会健康长寿。这不就是科学吗？"

"还真是啊，兆寿兄，你这样一说，我觉得我们的生活真是一团糟啊。"朝晖兄说。

我叹道："可不是嘛，我们现代中国人的生活就是《心经》里说的颠倒梦想，所以各种疾病产生。现在我们的生活水平和医疗条件这么好了，按说我们都能活到百岁，但我们都不懂生活的法则，所以就不能寿终。有人说，如果从太空里看地球，就会发现中国的深夜是不夜天，大家都在熬夜干这干那，前面我说了，十一点至一点不休息对肾有损伤，所以我们很多年轻人亚健康，这是有根据的，就是不规律的结果，也就是说生活没有法则了。"

　　"真是受教了。你说的这些都是生活的规律，是科学，但我们都把它当成迷信，真是不该啊。"金朝晖感叹道。

天人合一

"前面讲的是道法自然的三个大法，现在我们来看看在这三个大法支配下的古代文化是怎么孕育的。

"首先是世界观。世界观在今天有两层意思，一是世界本身是什么样子的，这是别人告诉我们的，或者说是我们学习得来的，比如，有古代各民族、各国圣贤们关于世界的认识，儒家和道家就有不同的世界观，佛教和基督教又不同，古希腊的圣贤们也有自己的看法，到近代，那么多的西方哲学家众说纷纭，不一而足，我们国家还要重点讲马克思主义的唯物世界观，学习这些使我们知道世界到底是个什么样子。这是第一层。第二层是观世界。前者是他人的观察加于我的，现在是我来探看世界，然后一一去比照分析前人的说法，最后得到一个自己的世界观。我们现在大学生的问题是只有前者，也就是一直在接受别人给予我们的，这就是继承，而且继承也是一知半解，为什么呢？不能消化。不能消化的原因是什么，就是没有后者，也就是我们不会观察世界，不去思考我们观察到的世界到底是一个什么样的世界，自然也就不会有对比。这个问题要等到过十几二十年，在经验的基础上重新去反观才会有一些自己的见解。所以说，年轻人想表达关于世界的看法往往会高亢、绝对，好像自己终于掌握了真理，这恰恰是不踏实的，经不起推敲的。你看那些四五十岁的人，甚至年龄更大一些的学者，在说话时会更为谨慎，往往会以商量的口气来说自己关于世界的看法，因为他知道不能穷尽真理，更知道自己的看法也只是一个方面，并非事实本身，更非真理本身。

"那么，怎样掌握真理呢？这就看智慧、勇气和政治素质了。合起来就是对道的理解。那么，智慧是什么？

"智慧就是平心静气地观察社会人心、事实真相，并理清楚事情的来龙去脉。这其实就是道法自然。你要理清楚人心，就要去理清楚这个人在想什么，他想要什么，他为什么这样做，就是庖丁解牛，你就很轻易地知道他为什么那样处理问题了。各种人都如此去观察、分析，就会水落石出。此时要不得意气用事，更不能被民意冲昏头脑，因为一旦这样，就失去了理性，就远离了真相。

"等事情都清楚后，接下来就是处理问题。此时，既需要勇气，也需要政治素质。这是就目前的情况而言的。我现在讲的还有另一层意思，是我们可能看不到的。那就是我们中国人讲的因果报应理论。这个问题也被当成迷信来看待，其实应当理性看待。

"我们把一切都当成了物而由我们来驱使，所以，人类被虚置于世界之上，脱离了整个世界的伦理秩序。人要重新回到万物的序列。也因为我们太重视物的存在，而对道德伦理世界虚置。关于这个问题，不是我们不想建立道德，而是我们无从建立。一切都来自外部的压迫和强制，没有内生的机制。比如说，我们强调要担当，给予的机制是外力，是如果不担当将被问责，将要受到相应的处罚，但没有理论告诉人们，一个人担当后会怎么样？社会的赞扬、奖赏仍然属于外在的，对他自己内在的精神世界有什么影响？我们不能回答。一切都是看得见的。我们没有建立起一个看不见的世界。因为我们否定了它的存在。宗教为什么会有力量，不需要外力的强迫，是人们自愿的选择吗？是因为它在解决人的内部精神机制问题。我们要学习。它补充了我们前面涉及的问题。那些没有受到惩罚的人，在另一个世界将被严厉地问责、惩罚；那些人们没有奖赏的人也将在另一个世界被奖赏、被认可。一切都落到了实处。古代官方不去提倡这些，但把问题交给了民间。这就是阴阳结合。我们要给民间一种力量，它有处理这些问题的能力。我们要让社会的治理向着善的方向发展。这就是道法自然。我们要知道，我们能看得见的世界是有限的，一位科学家说，只有 5%，而 95% 的世界是我们不知道的。这才是真正的世界观，要知道有限与无限。所以，说出我们知道的，也给不知道的世界一个存在的空间。这就是道法自然。

"另一方面，我们要试着回到我们中国人自己的天人合一的世界里去。天人合一，就指的是道法自然。天指的是广大的宇宙，人是一个具体的人。"

金朝晖插话说："我理解天人合一就是人是一个小宇宙，天是一个大宇宙，他们在原理上是一样的。"

我说道："是的。社会也一样，也是一个小宇宙，一个大我。如果这样去理解的话，很多问题会慢慢解决，一个好的社会也就会慢慢建立起来。中国的历史就在回答这个问题。

"问题在于，中国人理解人是一个小宇宙已经不难了，我们用《周易》、阴阳五行、天干地支等学说去解释它就没有多少问题，但反过去就理解偏差了。"

"怎么说呢？"他问我。

"你看，当我们把宇宙理解为'我'时，人的私欲就起来支配世界了。既然'我'是小宇宙，那么，宇宙也就可以用'我'的所思所想所为来理解了。'我'想要的东西太多，所以要去占有，要去掠夺，就要去斗争，要统治别人，等等。自我中心主义就是人类中心主义，'我'被过分地强调。你去看看现当代文学中最多的词汇是什么，就是'我'字。'我'，为所欲为；'我'，毫无限制；'我'，就是世界；'我'，就是中心。一个唯我独尊的世界观就建立起来了。"我回答道。

"怎么会这样呢？"他不解地问。

　　"因为我们总是单向度地思考问题，这是西方文化的方法论导致的。关于这一点，我在后面的'中庸之道'那一章会讲。我要说的是，如果用中国的阴阳二元论和中庸之道的方法论就不会出现这样的问题。"我说道。

　　"等等，兆寿兄，你刚刚讲了一个概念，阴阳二元论。这怎么理解呢？"金朝晖说道。

　　"这个我本来也要到中庸之道时再讲，这里简单说说也可以。比如前面讲的历法，我们是用阴阳历，就是这个方法论在起作用，而西方的历法只有一个，要么阴历，要么阳历。中国也是历经了很多种历法，据专家研究可能有一百多个，最终认为阴阳历较好。再比如，毛泽东为什么能把西方的马克思主义中国化，成为解决中国人问题的理论，就是用了中国古老的一些理论与方法。比如，他讲的矛盾论就是二元论的一种引用。矛盾有大有小，有对立也有统一。这是我们常说的话。这是把古老的理论现代化了。"我说道。

　　"明白一些了，那就再等你讲中庸之道时再好好请教。"他说。

　　"所以，天人合一的观念也有两个方面，一方面是我们要把自己当成一个小宇宙去理解世界，再宏大无限的世界就都好把握了；另一方面，我们要按大宇宙即世界的法则去要求自己，为什么这样说呢？这样说有什么不同呢？因为不管怎么讲，'我'，这个人再是一个小宇宙，也是有限的，在大宇宙面前，'我'太渺小，几乎可以忽略不计。我给大家讲一个我朋友的故事，很有意思。"我笑着说。

"愿闻其详。"金朝晖说。翔宇和昱茗大概也有些困了，听我这么说，又有了一些兴致。

我说："我有一个朋友是搞哲学的。有一天晚上，我们一起喝酒，他夫人来了，后来因为一些事两个人吵架，他喝了酒，说话不注意，说了很多不应该说的话，结果两人撕破了脸，要离婚。我们几个朋友不管怎么说都没用，当场两人写了离婚协议，并签了字。我们几个都很悲伤，觉得这个酒真不应该喝，但也没办法，就离开了。我睡醒后去上了会儿班，看已到中午，心里惦记着朋友的事，便去看他。他出来开门，我一眼便看见他书房里的电脑打开着，电脑上显示着一篇正在写作的文章。我见他也没有悲伤的神情，便问他，你在写作？他说，是啊，还能干什么？我一边在沙发上坐，一边说道，昨晚那么大的事，你还有心情写作？他笑着说，唉，我想了想，在人类历史的长河里，我们的这点小悲伤又算得了什么呢？我当时就笑喷了。但我又觉得这话很厉害，因为他是搞哲学的嘛，说出这样的话肯定不是信口开河，也是长时间思考的结果。"

大家都笑。翔宇问我，"老师，那他们离婚了吗？"

　　"没有。"我笑道，"等我们走后，他们也很快休息了。我那位朋友酒也醒了，觉得不应该，就悄悄地把签字的离婚协议撕了。他夫人早上起来后，看到离婚协议被撕了也很高兴，就愉快地上班去了。问题就这样解决了。"

　　"啊，这么有意思。"昱茗笑着说。

　　"我后来想，其实，这也是顺着他们的性情，同时，我这位朋友毕竟是搞哲学的，也很清楚他夫人是怎么想的，就顺着他们各自的心思处理了。"我笑道。

　　"这也叫道法自然。"朝晖笑道。

　　我说道："也是吧。好，现在我们来讲天人合一的观念对中国人的影响。也是两个方面。一方面是天人合一的观念诞生了一种伦理，即天人感应说。这种伦理是阴阳家提出来的，后来被董仲舒融入了新儒家，成为治国理政的一种思想。它解决了一个大问题，那就是皇帝真正地成为天的代表，成为天的儿子，天子。天子就是上天派来人间管理人间的，但是，后来的很多天子就有了前面我说的那种情况，把小宇宙单向度地当成了大宇宙，唯我独尊，为所欲为。可以随意地杀人，使生灵涂炭。在董仲舒之前，孟子就提出'民为贵，君为轻'的思想，董仲舒也想办法来制约王权，但是，没用。当然，也有一些仁政的君王，这是从先秦儒家那里得到了很多启发。这是不好的结果。其实，这也是我们无法避免的结果。要真正使天子能达到天人合一的观念，就是要让他们成为哲学家，成为圣人，但这样的皇帝有几个呢？几乎没有。

"另一方面便是中国人按道法自然的观念建立起天人合一的生活观、人生观。吃住行方面都追求与天道一致。吃的方面多吃大自然生长的东西，尤其喜欢吃木本植物。住的方面也喜欢住木头房子，即使在水泥屋子里，也多养一些植物，放一些木头做的家具。建筑一般依山势而建，不破坏自然本身的风水。如很多庙宇都是如此。早期佛教建寺和开凿佛窟，都依山而建，而且对面有水。如果院落很大，中国人便喜欢在院子里建一些假山假水来再造自然，总之要与自然在一起。苏州园林就是典型的代表。

"中国人不大喜欢城市的楼房生活，喜欢乡下。我原来一直不大理解这一点。我们起初想接父母到我们的楼房来生活。母亲因为要领孙女，有事情做，还能接受城市生活，但父亲不行。楼房太小了，且不能外出活动，实在太憋屈。他来兰州一般就是住一晚，第二天肯定走。有一次来待了三天。第一天在家里看电视，坐着看，躺着看，再无事可做。第二天便不看了，下楼去转，一下楼便不想再上楼了。后来他偶然碰到一个同乡老汉，两人一见面，说起楼房里的诸多不便，如同遇到知己。在这个老汉的带领下，我父亲很快就融入几个老汉的打牌行列中，但是，说话听不懂，规矩不一样，还是不快活。另外，城里人总是有琐事，打牌凑起来也很难。第三天便急着说要回去。我想了想，他确实如同坐监狱，便送他回去了。

"后来我们在武威给他们买了房子，父亲怎么都不去住，直到很冷的时候才勉强到城里生活。那一年回去，我听了父亲的诉苦，才真的觉得是委屈了他们。父亲说，你看，在乡下，生活确实有很多不便，比如取暖，比如用水，但是，在乡下，早上起来，我去田地里转一圈，活动活动，人就畅快了，回来喂牛喂羊喂鸡，有个事做，然后吃早饭。整个上午把地上的活干一点，虽然不多，但人就是得一直活动。午饭后睡一觉，下午去和老汉们聊天娱乐，晚上回来吃饭，看电视，九点钟就睡觉，早上五点起床。你看，生活是规律的，吃的东西也消化得好。在乡下，隔一天吃一顿肉就觉得很香。在城里，吃一顿肉就再也不想吃了，都不香，重点是不饿。

"我听了后就理解他了，同意他们天热的时候在乡下住，天冷的时候在城里住，也可以经常回乡下转转。父母亲才慢慢地适应过来。这些年我研究道家的养生之道，发现我父亲是无意识地在遵照着天人合一的规律在生活。这是我过去从来没意识到的。现在我父亲已经七十多岁了，吃得比我多，身体很健康。前几年他去兰州，肩上扛着一袋七八十斤的面一口气到了六楼，我在后面跟着，直叹气。我们这些知识分子真的是不行啊，我提点菜，到三楼就总是要休息一阵，换口气，才能再一直上到六楼，到六楼就有些支撑不住的感觉。那一刻，我就明白父亲说的是对的。

"母亲也一样，我们工作后，地里劳动少了，他们的活也没多少了，闲工夫多了。母亲便把院子整理出来，养花。每年的春天，他们在院子里种上各种蔬菜、花卉，夏天的时候，一进院子，就感到欣欣向荣，花花绿绿的，秋天时，菊花开了，满院都有一种别样的氛围。这些年大概是年龄大了，也可能是研究中国文化的缘故，每次一到武威乡下，就有一种退休要回到乡下院子里住的愿望。我常常想，把现在的院子重新建一下，我要建一个二层楼的小院子，里面要有书房、堂屋、卧室、厨房、卫生间、车库等，把暖气改造成最新的那种电暖，还可再买一种新式的暖气，保证冬天不冷。夏天是不用管的，那里太凉快了。然后，重点是院子，要好好地建一下。所有的地方都用木头来建，少一些金属家具。

"我在那里读书、写作，练习书法，偶尔会客。经常到院子里晒太阳，赏花，也会常常到大地上走走，呼吸天地间的气。早上五点起床，打坐，打太极，中午打坐一次，晚上九点再练习一次，然后睡觉。我躺在炕上，或者是床上，最好能看见星星、月亮。我平躺在那里，上面是天，下面是地，我在中央。

　　"这种生活，就是中国人的天人合一的生活。其实没那么难，我们的父母就按这种方式在生活着，只是我们视而不见，他们也浑然不觉。现在，我终于发现了。"

　　"说得太好了，兆寿兄，你描述的生活让我们向往。"金朝晖说。他又对着我的两个学生说，"是不是啊，同学们？"两个学生笑着说："确实好。"

　　我说道："我用文学性的语言来描述我所说的天人合一的生活，而不用学术语言，我想，大家更能明白我说的是什么生活，那就是天人合一不是一种理想，也没有那么远，不是一定要像江南的画上说的那样，村庄被柳烟包围，人影影绰绰，村庄和人和谐一致，那是天人合一，但我说的也是天人合一，是古老的农耕文明的象征。"

自在、无为而无不为

"在简单了解过以上这些大法之后，回头我们再来看'道法自然'中的'自然'，可能就更容易理解了。

"有一天，一个学生问我，老师，在金庸的武侠小说里，金庸一直在批判儒家的文化，他崇尚道家和佛教，我十分迷惑的一点是，如果没有儒家的礼仪文化，我们都任性生活，像黄老邪那样随意杀人，难道就可以吗？

"说真的，这个问题我上大学时也想过，当时觉得是可以的。那时，正是 20 世纪 80 年代，是思想解放、追求个性的时候，只要是规矩、条条框框，我们都觉得要打破。我们不喜欢后现代主义的无厘头和戏谑一切的做派，但我们又不想被束缚。这些年来，我们在道德领域的确把能推倒的都推倒了，反正是谁提'道德'二字，谁就是落后，谁就是伪君子，就是不真诚。现在，我们终于尝到了各种苦果。信任机制基本上被破坏了，仁义道德被怀疑，孝被打倒，就只剩下一个智了，所以，我们这个社会这几十年是比谁聪明，比谁有心机，电视剧里全是宫斗戏，电影全是反转派，都在玩智。大学里，一群人玩知识游戏。我们急需道德建设，可是，我们又从哪里建设呢？这其实就是我这个学生提的问题。你们现在是不是也这样想？"

朱翔宇和王昱茗都点头称是。

金朝晖面色沉重地问道："到底怎么办呢？"

我答道："所以我们必须回答这个问题，这其实是人与自然的一个问题，也是小宇宙与大宇宙的伦理问题。还是从道法自然的法则来说。我们前面已经讲了，道法自然有两层含义，一个是按我们现代人对自然的理解，就是道法大自然，大千世界。老子说这句话的时候，自然是自在、自己本身等意思，不是指大自然，但我也说过，反观现在我们所说的大自然，也正好体现了老子的意思。这里给大家讲讲庄子说的一段话就能理解它了。

"庄子问，这世界有主宰吗？如果说没有，为什么这世界如此井然有序，仿佛有一个伟大的力量在主宰着这一切，但你要找他，却怎么也找不到。这个时候，我们再来看看老子的另一段话。

"《道德经》第十七章中说：'太上，下知有之；其次，亲而誉之；其次，畏之；其次，侮之。信不足，焉有不信。悠兮其贵言。功成事遂，百姓皆谓我自然。'

"就是说，每个人都在按自己的意愿行动，没有外力的强加的干扰，但每个人都达成了自己的愿望。老百姓说，这就叫'我自然'。意思是我自己办成的。

"天下所有的生物包括人都是道在运化，但我们没有一个人说是道在让我们做，在强迫我们，而是说，是我们按自己的意愿在行动。对于道来说，这就叫自然。每个人都是他自己，没有统一的命令，也不强迫他们成为别人。

"再说得简单一些，对翔宇和昱茗你们这些研究生来讲，最上乘的法门是我组织你们来学习，但所有的学习都是自觉的，学什么虽然有要求，但都是在你们已有的基础上生长的，我不轻易强迫你们，你们有一天成就自我后，就会说，是你们自己把自己培养成了。用今天的话说，我这是有些放任自流，但其实我只是做一些基本的要求，让你们自己成就自己。这就叫道法自然。道法自然并不只是说我们营造了一个与大自然一体的环境，还有一种自由自在的精神，也叫自然。

"这就叫自在。"

"明白了，兆寿兄，"金朝晖说，"一开始我也有些恍惚，现在就破开迷雾了。你的意思是无为而治。"

"是无为而无不为。"我强调道。

"为什么这样说呢？"他问。

"对于大自然来讲，天地有它有为的地方，并不是无不为。无为是我们人看到的东西，就如庄子前面讲的那样，我们找不到那个有为者。但是为什么又井然有序呢？是因为道给大自然确定了有为的法则，只是我们一般人不知道而已。这个法则我们前面讲了，就是《易经》大法，是阴阳五行，是天干地支，整个大自然的规律，即科学规律。这难道不是有为法吗？所以说是无为而无不为。"我答道。

他连连点头说，"对对对，我们今天讲那么多，讲的都是自然法。那么，兆寿兄，人类社会怎么道法自然呢？"

我答道："这就是对自然的理解。我们历史上始终有儒道之争，就连老子对孔子也有争论，庄子就更多了。后世则一直没有看破这一点，所以拿道家的理论来批判儒家胡作为。《红楼梦》就是对儒家思想批判最深刻的文学作品。这其实都是一种无明。如果真正知道道家对天地的参悟和他们的修行都是有法可依的话，就明白人世间也当有法可依。但是，有什么样的法？怎样才是不着痕迹呢？这就非常难了，所以自古对此就有争论。"

"哦！有哪些争论呢？请兄一一道来。"金朝晖说。

我回答道："首先是儒道两家的争论，我刚刚已经说了。司马迁在《史记》的序言里说得很清楚，儒家的礼太多，太烦琐，既无法记住，也无法一个个去效法，更不能让人理解。比如，电影《孔子》中，孔子要去见鲁君，他行的周礼，也就是古礼，一步三趋，很庄严，但也很麻烦，这可能是司马迁批判儒家的地方。我个人也觉得是对的。不能因为我们把孔子称为圣人，就觉得他做的一切都是正确的。也许那时正确，但现在就太烦琐了，不合时宜了。礼恰到好处就为宜，这就叫中庸，就是和。过犹不及。道家批判的当然更多了。

"我现在要说说道家，反过来再说儒家，你们就能多少理解一些我要说什么了。道家中有一派叫杨朱。他们也是道法自然，我们来看看他是怎么个道法自然。杨子说，人来到这世上，很短暂，有生就有死，任何人都逃不过，不管你是尧舜，还是桀纣，都难免一死，死时一切归零，所以要快快乐乐地度过一生，不去区分好坏、贤愚，所谓的功名利禄皆为劳累身体的外物，皆可抛弃。他还说，人生既然短暂，就应万分贵重，一切要以存我为贵，不要使他人或他物受到损害，因为生命去则不复再来，所以不羡慕长寿、不羡慕名位，不畏鬼、不畏人，保持和顺应自然天性，自己主宰自己的命运。如果人人都这样，'人人不损一毫，人人不利天下'，则天下治矣。

"我在最初读到这些理论的时候，还觉得挺有道理，因为这就是道法自然。自然界可不就是这样吗？但仔细一想，大自然还有一个道理，就是相生相克，一物降一物，你为鱼肉，他为刀俎，就像《狼图腾》所解释的那样，狼吃羊，羊吃草，草吃水，有水就有一切，这正是游牧民族逐水草而居的原因。这是一个食物链。这就是大自然。杨子想得太理想。他不吃东西，怎么生活？他必将以生物为食物。如果有人要抢夺他的食物，他将奈何？所以，这样的生活是不存在的。这是对道法自然的一种曲解。

　　"进化论是对大自然的西方解读，达尔文发现自然界是一个弱肉强食的世界，是适者生存法则。万物自强不息，又相生相克。那么，人类社会怎么办呢？"

　　"是啊，我也长时间地思考过这个问题，得有解决问题的办法。"金朝晖说。

　　"我过去不知道怎么解释它，因为找不到自然的法则。适者生存说，只是一种解释而已。《周易》、阴阳五行和天干地支也是一种解释，它仍然在说明一个道理，相生相克，那么，怎么回避它呢？这就是掌握规律，依道而行。这就是人与万物的不同。"我说道。

　　"兆寿兄的意思是，人还是比万物高出一筹。"他问道。

　　"我是这么看的。万物浑然不觉地在道的规矩中生生灭灭，但只有人才能找到它的规律，于是，人就可以与万物稍有不同。这就是人的智慧。但是，从大处来看，人终究还是自然界中的一个，是大宇宙中的一个小宇宙，所以不可自大。这也就是在生与死、有限与无限中生活。"我答道。

　　"明白一些了。"他一边喝茶一边说。

　　我继续说，"但是，绝大部分人甚至都不懂这些大道，人类很盲目，就像杨子所说的一样，沉醉于功名利禄之中，匆忙于小道小计之间，只有圣人才能通晓大道，才能明白如何活着。你们别以为我通晓了，我可不敢说，我只是明白了一点点

而已。这就是绝学，就是圣人之道。然后，圣人要做的事就是
按照道的方式来为人类确立一些规矩，大家要明白，这些规矩
与道的规矩不能违背，因为人类不能僭越于天地大道，不能自
以为是，不然的话，就会违背人性，自遭惩罚。伏羲、尧舜
禹、文王、周公、孔子以及老子就是为中国人来确立规矩的。

　　"他们发明了我上面所讲的那些大法，不，其实是他们
发现了天地的规律而已。所以，我们一定要明白一个道理，我
们人类不要轻易去认为能发明一种理论超越天地大道，如果
有，那种东西也叫妄作，叫邪念，是会受到天地大道的惩罚
的。比如，秦始皇，以为一人可以统一天下，然后以严酷的法
律来达到万世皆为秦家天下的梦想，结果很快就灭亡了。什
么原因呢？他恰恰是猴王心理。猴王心理恰恰是达尔文理论，
一个公猴把所有的母猴全霸占下，把其他的公猴要么赶走，
要么杀掉，但是，你要知道，只要有一个公猴在，它就一刻
都不停地想着要推翻猴王，自己做猴王。为什么呢？生命力
在呼唤他，说得再通俗一点，是性在呼唤他。阴阳需要结合，
对于公猴来说，母猴就是阴，就是水，是生命，所以他们会
与猴王来争夺王权。中国的皇帝们几乎都是如此。这看上去
不就是效法自然吗？实际上不是，《周易》、阴阳五行大法
告诉我们，那样做就是危险的，就会有相克的力量来灭掉它，
怎么办呢？

"猴子们当然不知道，但通晓大道的圣人们知道，所以他们为人类制定了一些基本的大法，如男女分工。中国的古代圣人们发明了婚姻制，到黄帝时发明了姓氏继承制，到周公时发明了宗法制和男子继承制，就是在不破坏自然大道的基础上进行大致的引导、分流，于是，人类就与自然界不一样了。"

我看见朝晖兄和两个学生们都陷入思索，便继续说下去，"但是，每一种大法的制定其实都有弊端，这就是圣人们知道这只是基本法，只是暂时的分流，所以孔子说，食色男女，人之大欲存焉。他知道这是人的本性，也是天性，是上天赋予人的基本权利。他也知道好色是人之本性，是猴王心理，但是，他要让人做到好色而不淫，那就要确定伦理道德。

"用什么标准和理论来确定呢？就是天地大道，就是《易经》。他在《系辞》中说，易为天地准，意思是《易经》是天地的准绳。既然这样，那就以此来为人定规矩吧。他把所有关于《易经》的东西都整理到一起，重新编撰，这就成了《周易》。他说，天尊地卑，所以男尊女卑，这个伦理就这样确定了；他说，天就是天，地就是地，天地位焉，万物便育焉，所以他又说君君臣臣、父父子子，于是君臣关系、父子关系被确立。如此等等。他只是立了一些大法而已。要做好君和父，就要有与其相称的道德精神，这就是仁爱思想，其实也就是说，你现在是猴王了，就讲仁爱，要给大家都给一些，这样就好了，这就需要猴王把母猴分配给其他的公猴，且要让他们成为一种制度。这就是人，只有人能做到，猴子做不到。所以人才能成为万物的灵长，而猴子永远只能是猴子。

"我看他们仍然既频频点头，又低头沉思，便继续说道，但是，问题仍然存在。什么问题呢？人民不知道，大众不知道。你要给他们说这些大道理，他们会大笑不止，会问，怎么会这样呢？这就是老子说的，下士闻道，大笑之，不笑不足以为道。中士闻道呢，若存若亡，他们在迷惑中，哈哈，大概就跟你们一样，我不是笑你们，我也跟你们一样，也是知其然而不知其所以然。我们都似乎明白一些大道，我还研究过，仍然觉得不通透。我们今天的绝大多数知识分子，甚至基本上都是如此，但我们都觉得我们早已掌握了大道。那么，上士问道呢，是正中下怀，所以勤而行之，是认真地效法。你看，在这里，老子和孔子汇合了。

金朝晖长出一口气说，"噢！兆寿兄，你是谦虚，我也真的理解了很多，我相信他们俩也是。"

两个学生看着他笑。我知道他们还不能真正地理解这些，因为要理解它们，必须要花几十年工夫认真钻研才可以做到，但世间肯花几十年时间去研究这些无用的大道的人有几个呢？大家都忙于名利，忙于生活，谁还会去理清楚这些。研究这些东西，也需要一种缘分。所以我对他们说："不要紧，听了这些总比没有听好，至少你们以后不会太自满，知道有一种古老的很大的知识系统你们还没涉猎过，至少还没研究过老子、孔子这些人。我对孔子的研究真的使我大开眼界，带我走向天地大道。虽然我还只是一个门外汉，但从门缝里看到什么叫真正的天地。"

金朝晖说，"兆寿兄，我记得你在《问道知源》一书中说，孔子不只是为人立法，还给鬼神立法。怎么解释？"

"你大概是没有看过人用六爻卜卦吧？"我说。

"看过，但我不太懂。"他笑道。

"那就是了。当你看多了，慢慢地研究它的时候，你就会发现，六爻里面有一个关系是官鬼，指的是领导、贵人，这个能理解，但鬼怎么解释呢？指鬼神。我们要知道，民间和古人是相信鬼神的。看得多了，你就会发现，鬼神也是在六爻之中，是人的关系网中的一个，与父母、兄弟、子女一样。所以，我就忽然明白，孔子不是在为人立法，也不是在为鬼神立法，而是天地大道，被孔子发现了。其实，他之前的圣人们早就知道且信这些，毕竟过去是巫术时代，是神学时代，这很正常。我们如果否定了这一点，也就歪曲了历史，就是不尊重古人了，我们也就无法理解古人了。作为学者，是一定要去客观地研究它的。所以，那时我说过，孔子删定的《周易》，是为人神鬼三界立了共同的大法。"我说。

"你的意思是，鬼神也在天地大道中运行？"他问。

"那当然，如果有鬼神，也在天地大道中，也在道中，不可能在天地之外。"我笑道。

"那么，董仲舒呢？他做了什么？"金朝晖问道。

"董仲舒很了不起，他不迷信圣人，很包容，又懂得审时度势，所以创立了三纲五常的基本法。如果说伏羲是对中华民族进行的第一次大的治理，就是创立了婚姻和八卦；第二次应当是周公，创立了宗法制和男子继承制；第三次就是董仲舒了。他们都有继承关系，但更是创新。那么，继承的是什么？就是天地大道的基本法和人伦的基本法，其他的法度则根据具体时代而定。他的'三纲五常'四个字管了中国两千年。非常了不起。"我答道。

"现在怎么办？我们又不能再用三纲五常，用些什么呢？"金朝晖说。

"目前就是怎么与古代文化融通的问题。我说，我们回到古代来讲。董仲舒的三纲五常，用的主要是儒家的解释，但前面我已经说了，他还融入了阴阳五行学说，融入了农家学说，形成了一套完整的道法自然的人伦体系。先前孔子就说过，六十耳顺，七十随心所欲而不逾矩，说的就是既明白自己有大欲存焉，又能守规矩，这就是大自在。"我答道。

"这是人类社会独有的吧？"金朝晖说。

　　"是的，只有人类才会有仁义道德，才会把自己的欲望节制住，才能和猴子不一样，就是因为人类明白如果按自己欲望行事，就走了极端，就会有反抗的力量，就意味着灾难，所以这就叫知然后止。这是人类了不起的地方，而这个就叫道德。"我说。

　　"现在的人是任性，不愿意要道德。"他说。

　　"所以，他们以为自由就是按自己欲望行事，他是把自己降为猴子的动物层次。自从人类有了社会学、人类学和精神分析学之后，人类的最大悲哀就是把人与动物等同。不错，人从本质上就是动物的一种，这是不敢改变的大法，我说了这是人把自己当宇宙的产物，但是，人与其他动物的不同就在于人能道法自然，能从大宇宙的角度重新来审视自己，所以人就有节制，节制就产生了道德。人与动物不同的就这一点。但我们在否定神学的时候也把人的社会属性全部否定了，所以，我们学到的西学的一部分内容便是把人降格为动物。研究人的爱情只是从人的动物属性去研究，却没有从人的社会属性去研究，所以人就只剩下性，只剩下荷尔蒙。这就是19世纪以来西方学术最大的灾难。"我说。

　　"不过，兆寿兄，我也在想，我们也不必急，不是说，物极必反吗？西方学术的这样一种极端的现象肯定会回头的。"他说。

我笑道，"那是肯定的，这从另一个方面同样也说明我们东西方学术的共同基础还是道法自然。他们是否定了神学这个社会属性后降低到了另一个极端。这就是西方学术界的最大问题。当然也是目前我们学术界的最大问题。世界同理，全球一同凉热。"

"兆寿兄，我还有两个问题请教一下，一个是我们这样一种自在的文化，它的黄金时间在什么时候，衰落时间又在什么时候？"他说。

"从伏羲开启，到周公创立，孔子完善其学说，再到董仲舒完成制度创立，发展到唐时为高峰，它显示出极大的包容性和自信力。宋时的程朱理学虽然是继绝兴灭，创新了儒家，但也走向极端，过分地强调了社会性，而对自然性或者说是动物性进行了否定，明清时期彻底走向极端，走向衰落。现在是我们重新认识大道，重新以道法自然的原理来为中国人乃至整个人类确定法则的时候了。"我说。

"太好了，跟我的判断基本一致，这些观点我在你的《重建家园》和《问道知源》中都有看到。现在是第二个问题，我看到有学者说，我们的文化其实不是儒家，而是外法内儒。你怎么看这种观点。"他问道。

"我看到了，秦晖先生也有这样的文章，其实我想包括秦晖先生都知道，儒家有几次创新，孔子之后，有孟子、荀子的小的发挥，不算是创新，但董仲舒和司马迁就是创新，集百家之长，重新创造了儒家。程朱理学又是一次创新，是把佛教的一些东西融入了，而把道家的东西发挥到了极致。王阳明的心学也算是一次创新。从这个历程可以看出，已经没有什么纯粹的儒家了。法家也从董仲舒时期融入了儒家，这就是春秋决狱，法家以儒家为圣心，给无心的法律安了一颗能辨善恶的圣人之心。我们现在的专业越分越细，研究儒家的就是儒家，研究法家的就是法家，越来越细，没有整体感，所以如是说。"我说。

讲到这里，我们都有些累了。我说，我们稍休息一下再讲最后一点吧。

郁郁乎文哉

　　"年纪越大，就越是有一个特点，开始往家乡看，开始回忆和思考小时候见过的人，经过的事。贾平凹写《带灯》时在后记里专门写到这一点。这当然不是说只有作家如此，大概人人如此。我现在就是这样。所以我现在看见家里的每一个人，都是一个文化存在，可以说能代表一代人中的一部分特点。比如我写《鸠摩罗什》，写完后就发现这是我写给祖母的一本书。写的时候没有强烈的想法，但写完后就突然理解了祖母。她是一个佛教徒，十二岁就开始吃素，但在家里，她从不提佛教的任何事，也不上香，不拜佛。她就是一个人默默地信，再就是布施。所以我在四十岁之前很少能想到她与我们有什么大不同，但是我也明明知道她与我们家里其他人是不同的。《鸠摩罗什》完成后，我就知道她是我们家里的佛，我们都是俗人，只有她是洁净的，真正高尚的，是可以让我跪拜和学习的。我说过，在人世间，此生我只崇拜一个人，就是我的祖母。"

　　金朝晖、朱翔宇、王昱茗三人都默默地倾听我的诉说，似乎都被我的言辞和情绪所感染。我喝茶的时候，也没有人打断，似乎在等着我继续说下去，于是，我继续说道：

　　"最近一段时间，我在研究老子、孔子，研究先秦的很

多文化，目前渐渐地又集中在我父亲和母亲身上。我父亲的生
活前面已经给大家讲到了，他就是那样一个人，浑然不觉在
按中国圣人们制定的道法自然的方法生活着。这真是个奇迹。
所以我在有一天就写下一首诗，现在读给大家听。诗的名字
是《在阳光下》：

1

在阳光下

忽然问自己

你已经有多久没在阳光下发呆并忘掉自己

你究竟在做些什么

2

这秋末的阳光竟如此温暖　如此令人不舍

这是亘古的阳光

是生命唯一的信仰

而我，这个人类

不知在何时背弃了自然

从生命界里站了起来

对万物说，来吧，我就是太阳，我就是王

此刻，阳光如此迷人

令人沉醉，令人不忍离去

然而，一个声音低低地对我说

无论你做了什么

在这阳光下，你犹如从未来过

3

一个空旷的声音问我

你如此乐善好施　如此周全万有

你又如此义愤填膺　如此冒天下之大不韪

究竟是为了什么啊

这个声音每隔十年必然出现

我看见它像云彩一样缭绕在斑斓的星空

又像万类一样蒸腾在大地上

中间就站着孤独的我

迷惘的我

苦苦追问的我

4

万物都向着太阳

只有我　以及我一样的同类

阻挡了太阳

远远地看着它

仿佛它是魔鬼　是黑暗的乔装者

我想起我的父亲

那个健康的农民

早晨，他迎着太阳走向大地

黄昏，他踩着晚霞迎接黑暗

阳光下

他匍匐着腰，与大地平行

劳作，愁苦，欣喜，感动

黑暗来临

他平躺于泥土做成的炕上

与天地平行

梦见祖父，梦见和平，梦见子孙满堂

而我这个农夫的儿子

这个大地的背叛者

从未意识到如此美好而优雅的姿势

正是我苦苦追寻的自然之道

噢，我的父亲

我的天，我的地，我的阳光啊

让我回家吧

2019 年 10 月 17 日星期四　上午

　　"我现在才发现，父亲一直是我的老师，榜样。我最近经常责备自己，过去怎么就没发现这一点呢。还有我的母亲。她是一位善良的慈悲的慈母。村子里没有一个人与她过不去，父亲得罪过的人，她在化解。她从不强迫我们去做任何一件事，但却教会了我们一切。在没有生下妹妹之前，我们兄弟们做什么追求什么，她只是询问、鼓励，从不阻止。比如，我在师范时想考大学，但父亲不同意，母亲便问我，能不能考上，我说不知道，她就说，那你就去努力吧，考上当然好，考不上也不要紧。我上大学后，每个假期都在读书、写作，回家晚，走得又早。她每次都是询问去干什么，我说有事情，并不告诉她做什么。她便不再问，给我装了吃的，送我走。后来我写什么，她自然不知道。她是文盲，但她支持我。不过，后来在我家住，看我每天白天上班，晚上写作到深夜，便对我说，再别这么写了，人要知足，你看当时在农村时，就觉得能有口公家饭吃就很好了，不在太阳下晒就好了，后来上了师范吧，就觉得能在城里工作就好了，结果你上了大学，我们就觉得你能在兰州有一个家就可以了，没想过房子、汽车这些，结果这些都有了，那时候，谁想过你还能做什么教授、作家，还当干部，现在这些也有了，就可以了，天底下的字嘛，是写不完的。

"那天夜里，我睡不着了。我一遍遍地想她说的那些话。只有母亲才那样说啊。她在劝我知止，在教我中庸之道。她没有文化，不识字，到兰州来生活很艰难，她刚开始来的时候很害怕，生怕把她丢了，我也怕。后来她就慢慢地不害怕了，她用自己的脚来记忆，走到哪里，再返回来走，便又回到家了。她没有任何事业，唯一的事业就是我们这些儿女和孙子。她愿意为我们付出一切。最后在我家的一次，也是唯一的一次，是我工作太忙，爱人又要出外学习，孩子又上中学，实在顾不过来，请她来帮忙。她来的第二天，从阳台上抱被子，然后从楼梯上下来，我住的是个复式楼，二楼上有阳台，结果，她没有注意到，脚踩到了被子，便一下子从二楼上摔到了楼下，腿被摔断了。我背着她去医院，医院要让她做手术，在腿上要打钢板，她一听就不愿意。她对我说，她不想做，做了以后还要取掉钢板，老家那边凡是取掉钢板的人后来都瘫痪了，再也走不成了，说是伤了神经，再说，人死了铁的东西是不能进棺材的，那时候还得取掉。我当时就决定不做了，正好遇到几个老朋友，他们给我介绍了皋兰县的一位姓杨的老太太，能捏骨，属于民间高人。我从医院里把她偷了出来，因为医院里已经做好了做手术的准备。后来那位高人把她治好了。我便把她拉到了武威。现在她的腿好了，但还是有些小问题。我每次看见她时都内疚，问她，腿怎么样了。她说，好着呢，就是坐得久了，猛地站起来时，腿上好像没力气，过一阵就好了。我每次在夜里想起这些事时都会流泪。我觉得自己不孝。

"我讲这么多，意思就是她的一切都是老子说的行不言之教，在道法自然，让我们儿女们都自己成就自己，但也有一点劝诫，让我们知足常乐。这难道不正是我们中国传统文化的教化吗？它已经不是知识，而是生活的常态了，是生活流了。"

说到这儿，朝晖兄叹口气说道，"谢谢兆寿兄为我们分享你的发现，你是有心人，能发现这么多的东西，你已经把生活变成了文化，其实，我跟你也一样，咱们年龄差不多，现在的记忆规律和认识规律都一样。我特别认同你的说法。我们的父辈那代人，是在大地上生活的一代人，也可能是最后一代真正的道法自然的农民了，在他们的身上，中国传统文化的所有东西，都化成了一举手一投足，都变成了日常用语，变成了态度和性情。我听你讲这些，也都快流泪了。现在我想从你的诗说起。你的诗是现代诗，我听出里面有一个与过去现代不同的地方。主要说与海子的不同吧。海子对中国传统文化持怀疑甚至否定的态度，所以他还无法认同中国农民身上和中国大地上的那些文化。"

"他没有理解道法自然这个基本原理，他简单地相信了西方文化，他走的还是现代性之路，还没有把东西方文化融通，还在对立中，所以他很痛苦，找不到路，所以精神出现问题，最后自杀了。"我说道。

"是的。这是我们百年来知识分子普遍的遭遇，你看，我们的父辈那些农民虽然也痛苦过，但不至于自杀，他们的内心里没有这么多文化的冲突，他们只有命运的抗争而已。"他说道。

"是的，所以知识分子是生活在知识与文化中的人，是首先痛苦的人，也可能是最顽固的人。"我叹道。

"这是现在，我现在想请你说说中国古代文化中，道法自然这样一种基本原理运化出的文化艺术是怎么样的。刚刚我们说了生活、制度，现在能不能说说艺术。《论语·述而》中有句话：'志于道，据于德，依于仁，游于艺。'我们现在来说说中国人是如何游于艺的。"他问道。

"好啊。你在说的时候，我立刻想到中国是一个诗教传统的国度，孔子说，不学诗，无以言。不学习《诗经》，你

怎么能去说话呢？在孔子的这样一种观念下，再加上历代重
视诗教，特别是隋唐以来的科举考试使诗教传统制度化，这
确实是中国的传统。这个传统我后面还要讲，今天只说说道
法自然方面的特征。"我说。

"好。"他说。

"首先来看《诗经》，先人们给我们已经总结了出来，
是赋比兴的传统。第一首诗《关雎》，中国历史上著名的情
诗。原来说是第一首，后来一些学者说不是，说第一首是大禹
的夫人写的一句。但我还是觉得把它放成第一首好。为什么
呢？你看，中国文化的开篇之作是一首情诗，多浪漫，多好
啊。这说明孔子是一个非常伟大的人。再看这首诗。'关关
雎鸠，在河之洲。窈窕淑女，君子好逑。'你说，说一个女
子谈恋爱的事，说就说呗，为什么要说什么雎鸠，说什么河
洲呢？说这些是自然之事啊。再看，'参差荇菜，左右流之。
窈窕淑女，寤寐求之。求之不得，寤寐思服。'还是先写景，
再说人的事。这就是先有天地，再有人。是天、地、人思想
啊，是宇宙观啊。多了不起。哪像现代人的诗，第一个字到
最后一个字，全都是人的一丁点的情绪。都被放大了，就越
来越令人疯狂。高下立现。"我说。

"嗯。"他说。

"你再看，'蒹葭苍苍，白露为霜。所谓伊人，在水一方。

溯洄从之，道阻且长。溯游从之，宛在水中央。'"我说。

"《蒹葭》。"他道。

"你看这首诗，还是一样。说人，先把人放在环境中。所有的事，所有的情不就有了意境吗？还有《采薇》一诗：昔我往矣，杨柳依依。今我来思，雨雪霏霏。行道迟迟，载饥载渴。我心伤悲，莫知我哀。如果前面两首诗的自然描写只是说一个环境，并不直接与诗人发生关联的话，那这一首诗，我与天地共伤心了。好像那些杨柳在我走的时候是那么高兴，春情勃发，可是我现在回来了，我多么悲伤啊，连天地都雨雪霏霏。这不就是我们所求的天人合一的意境吗？"我说。

"就是'河水清且涟猗。不稼不穑，胡取禾三百廛兮？'他说河水荡漾起涟漪，然后他诉说自己心事。"他说道。

我说道："是啊，我们过去上文学课的时候，哪里能体会到这么多的东西呢？只是觉得中国的诗与外国的诗很不同。你看古希腊的《荷马史诗》，开篇即说：

> 歌唱吧，女神！
> 歌唱裴琉斯之子阿基琉斯的愤怒
> 他的暴怒招致了这场凶险的灾祸
> 给阿开亚人带来了受之不尽的苦难

将多少豪杰强健的魂魄打入了冥府

而把他们的躯体

作为美食

扔给了狗和兀鸟

从而实践了宙斯的意志

从初时的一场争执开始

当事的双方是阿特柔斯之子、民众的王者阿伽门家

和卓越的阿基琉斯

"你看，这完全都是人或神的情绪，不是自然的。这就是我们的不同。《诗经》的这种道法自然的教化传统，一直到了两汉、魏晋、唐宋时，越来越发展为人与自然的融合。王维的诗就是典型的代表，比如他的《山居秋暝》：

空山新雨后，天气晚来秋。

明月松间照，清泉石上流。

竹喧归浣女，莲动下渔舟。

随意春芳歇，王孙自可留。

"王维还有一个名字叫王摩诘，他特别喜欢佛教，喜欢佛教里的一个大菩萨，维摩诘大士。维摩诘是个什么样的菩

萨呢？他在家修行，可以有老婆有儿女，但他不是贪恋这些，而是通过这些行教。所谓的菩萨本没有病，但要拯救众生，就要去尝众生的苦，就要到众生中去，与他们一道吃一道住，这才能够救他们。你看这不就是道法自然吗？一点儿也不强迫人，行的是不言之教。王维特别喜欢这样的佛教，但又深受道家的影响，所以自然大于人。

"再看杜甫的诗，比如《登高》：

　　风急天高猿啸哀，渚清沙白鸟飞回。

　　无边落木萧萧下，不尽长江滚滚来。

　　万里悲秋常作客，百年多病独登台。

　　艰难苦恨繁霜鬓，潦倒新停浊酒杯。

"前四句全是写景，但是写人眼里的景，后四句全是写人，但又是自然中的人。这就是唐诗的魅力。张若虚的《春江花月夜》，孤诗盖全唐啊。全是自然，月亮、江水，还有一个孤独的人，在思考着一些永恒的问题。江畔何人初见月？江月何年初照人？人生代代无穷已，江月年年只相似。不知江月待何人，但见长江送流水。这使人立刻想到孔子在黄河边上的一声叹息：逝者如斯。

"宋词也如此啊，你看，昨夜雨疏风骤，浓睡不消残酒。

试问卷帘人，却道海棠依旧。知否？知否？ 应是绿肥红瘦。这是李清照的词。”

"宋代的山水画也是特色啊，兆寿兄，独钓寒江，天地茫茫，一个人在那钓鱼，似乎在思考天地大道。"朝晖兄被我感染了。

"是的，但就是这些画把我们又带入了另一个意境，那就是在天地之中，人太渺小了，太孤独了。唐以前的那样一种人与自然同乐的意境开始少了些。到了《红楼梦》时，就是故园残局了。"我感叹道。

"是啊，大观园里，先是笑语盈盈，诗词歌赋，茶香酒醉，然后便是黛玉葬花，天涯路遥，一场梦损，大厦倾覆，最后则白茫茫大雪，回到空门之教。诗教传统就此暗淡了。"他叹道。

"所以，我们的文化走向了另一个极端，物极必反。这不，鲁迅、胡适登场。舞台上是新文化。我们的文化必须重新造血。有的人极力鼓吹新文化运动，认为现在的文学不能回归传统，必须沿着新文化的传统才是正道。这现象是不明白大道的缘故。也有的人全盘否定新文化运动，认为把传统给砸了。"我说道。

"这样的观点还很多，对了，兆寿兄，我正好还想问你这个问题呢。"朝晖兄说。

　　"这都是走了两个极端。这不是中国文化的方法，这是西方文化的方法。我补充一句，事实上，过去西方文化也是有两个力量相互制约着，一个是宗教，体现了人的社会属性，另一个是自然属性，体现了人的自然属性，所以人文学术是有两种力量在平衡着，当然，最后还是一个归属，要么归向宗教，要么归向自然主义。现在，宗教在人文学术中式微了，所以便都归向自然主义一边了。那么，怎么办呢？还是要采取中庸之道的方法来解决这个问题。下一章我们就来讲中国传统文化的方法论，中庸之道。"我说道。

　　"好。"朝晖说。

讲解于 2020 年 1 月 10 日

修改完稿于 2020 年 2 月 10 日

君子生君子

引 言

知识分子与君子

临睡前，照例翻阅会儿微信。这已是当下中国人的日常。见一位学者言，"依我之见，知识分子的立场，应该是这样——所有人欢颂的时候，你应该保持沉默；所有人沉默的时候，你应该出声批评；而当所有人都批评的时候，你应该努力说出怎么办。"

世皆沉睡我独醒，荷戈独往虎山行，这是勇者。黑夜里，我鼓掌激赏。但又多少觉得悲壮了些，真有一种"风萧萧兮易水寒，壮士一去不复返"的感觉。临睡着的时候，突然发问，如此这般就好吗？如此这般把自己从众人中走出来，给自己一个"知识分子"的暗示，就是给这世界的交代？他是不是还有另一种批判在，那就是在向众人们喊话：你们都不是知识分子！

我坐了起来。历史上，当勇者出发的时候，都有这样孤绝的姿态，都有这样断腕的时刻。黑夜里，我甚至能看到他们愤怒且在风雪中执意前行的悲姿——手里提着一把寒刀。

再次鼓掌！但我依然留着巨大的疑问，因为这世界不仅需要勇者，还需要义者——他们正在风雪夜战斗，只是他们不说话；还有智者——他们此刻可能正在实验室，你只是看不到他，抑或他们正在电脑前，编辑那些人们不知道的知识；还有善者——他们捐出钱财、物资，还有善心；还有……你我根本不知道的光明之行。这不是一个人的世界，也不仅仅是人类的世界，这是大千世界，这是道在运化的世界。

不只你是知识分子、勇者。他们都是知识分子。不，用我们更为传统的说法，你和他们，都是君子。是的，君子。

自从班达和葛兰西举起知识分子这个大旗后，自从拥有知识且在这公共的知识里浇灌一种叫正义、良知的鲜血后，他们似乎就与民众分道扬镳了。萨义德从义的层面进一步涂染了这面旗帜。他们或许走在民众的前面，或许走在边缘，或许与民众也对立。他们以态度、身姿、舌头和令人颤抖的语言让世界不安。

有时候，他们或许就只有他——一个人，一句话，一个词。

然而，自从有了分别心之后，他们也就放下了混沌的大道。因为他们的旗帜太鲜明了。古人说，"道失而德生，仁失而义生。"仿佛一把射出的箭，走得越远，离弓也就越远。

我常想，英雄之所以如此决绝，是求当下。英雄便是菩萨，但菩萨是觉者，不会觉得自己是孤独的，他只是舍去那无数分身中的一个肉身罢了。这是一种何其超常的觉悟！超越生死，一心向善，只因他相信一定有一个彼岸世界。

而在道法自然的"道"那里，英雄也只是冬日里的蜡梅，孤独，鲜红，一个人平衡了无边的白茫茫的雪域世界。他是春的消息。

所以，有与无，少与多，孤与众，不过是悟者的世界。君子悟道，当知有天有地，有仁有义，有勇有智，有礼有节，亦有中庸。君子便不再孤独。

故而，在一个人人皆为知识者的时代，当放下知识分子这个执念，重新回到君子之道，回到道的身旁。勇者，即使壮烈而行，也知整个世界在为他送行。何不浪漫而行？

道法自然

徐兆寿：讲君子之道之前，我们要回顾一下上一讲的内容，即中国传统文化的基本特征。

中国传统文化有四个基本特征。第一个就是它的世界观和运行原则。我总结为四个字：道法自然。这不仅仅是老子《道德经》中的语言，也是《易经》《中庸》等很多古代经典所阐述的大道。道和自然是其世界观，不能简单地说是道，也不能简单地说是自然。自然中若没有道，就不是中国人所认为的世界。道是自然运行的精神和规律，但它又是以自然为师，和自然浑然一体。所以说，道法自然既是中国传统文化的基本原理，也是世界观。上一讲我们讲道法自然有三个方面的体现：第一个就是我们先祖伏羲创立的《易经》八卦，这是对整个世界的一种总体认识。第二个是五行学说，也就是八卦的运行法则。金木水火土是一个闭环结构，相生相克，世界便永远处在这样一种不停的运作之中。我们经常说："跳出三界外，不在五行中。"五行就是整个世界的运行法则，就是自然的规律。跳出基本的运行法则，到哪里去了呢？这是佛教的说法，就是成佛了。第三个就是天干地支的运行法则，即对时间和空间的解释。十天干和十二地支就是对时空的一种定位，就类似于笛卡尔的坐标系。整个世界、宇宙就这样被这三个原则包含进来，这就是道法自然。

金朝晖：我小做总结，你的道法自然，第一是《易经》大道；第二是五行之法的演化；第三是天干地支。何为天干？何为地支？

徐兆寿：十天干和十二地支相配就是我们的历法。形象地说，干指树干，支指树枝。天干地支配起来就是对时间和空间的一个把握，尤其是对时间的确定。十天干和十二地支的运行周期是六十年，所谓"六十一甲子"就是天干和地支合起来，它就是一个甲子年的轮回。就像八卦，它运行起来是六十四卦，也是一个完整的轮回。所以你看中国人的时空观和宇宙观是整体性的，也是有逻辑的。过去我们不太了解，总以为中国人的很多东西是感性成分大于理性成分的，是没有多少逻辑的，实际上你真正了解了以后，会发现它是整体性的。这就是我们说的中国传统文化的基本法则或者叫基本原理，就是"道法自然"四个字。

金朝晖：你这么一说，大家心里就一下子豁然开朗了。

徐兆寿：对，道法自然是基本原理，这是第一个特点。如果说这种原理运行到人和社会中间，那么第二个特点就显示出来了。就是我们要用什么样的方法来处理纷繁复杂的各种问题？即中庸之道。有了方法，接下来就是如何行为处世。这就是第三个特点，叫礼教之道。那么既然用了礼教之道，人跟动物肯定不一样了。但问题在于，这样的礼教之道最终要成就一个什么样的人呢？这就是第四个特点，叫君子之道。也就是中国文化的人格理想。所以四句话，十六个字，就把中国文化的基本特征说清楚了。这是一个整体性、系统性的总结。前两个特征是总体性的规律，也同样运行在后两个特征中。也就是说道法自然产生了中庸之道，但道法自然和中庸之道又生成了礼教之道和君子之道。反过来说，为什么会有礼教之道和君子之道？都是中国人观察天地自然，按照道法自然和中庸之道的原则总结出来的。这就是中国文化的逻辑和结果。

金朝晖：对！西方的大哲笛卡尔说："我思故我在。"这是不是说西方人经过他的逻辑思考之后，也竟然悄悄地和我们东方的这份古老的思考不谋而合了？

徐兆寿： 对。笛卡尔是一个在数学基础上思考的哲学家。坐标系跟他有关系。那时，没有今天的一些科学知识来界定宇宙。时间和空间是永恒的。我们可以想象，在浩瀚的宇宙中，在无穷的时间和空间里，人如果不思想，人如果不行动，就等于不存在。跟草木一样，无所谓存在。这大概就是中国人最好的虚无观念和印度先哲们的"空"的思想。东西方人对宇宙的认识大概都一样。茫茫宇宙，那么大的空间，抬头是浩瀚的星空，地球很小。现在越来越知道地球之小，所以也越发觉得人类之渺小。在这样的时间里，人怎么样确立存在？这是一个大问题。

笛卡尔发明了坐标系。他是一个哲学家，我们先不去讨论他的数学公式，先讨论他思考的基本问题。西方哲学家思考的最大问题就是存在。所以，坐标系给我的感觉是由两个代表了时间和空间的轴构成的参照系。在这样的时空里，人就可以找到自己的存在。这也就是"我思故我在。"只要你在思考，宇宙的时间、空间就以你为中心，你就有了位置。实际上，我们可以闭上眼睛想象。假如在茫茫宇宙中就我一个人，时间和空间在无穷的运行中。然后你想你的存在。你就是中心。你要脚踩在大地上，也就是在空间里的某个点上。然后在永恒的时空里也有某个参照点。你就能确立存在。如果你不想融入其中，不想寻找参照点，不想画这样一个时空轴，你也会感到自己不存在。这就是笛卡尔的思想。你看中国也是一样。中国人的思想是"三才思想"：天、地、人，人在中间。人在天地中间怎么样存在？天如果代表了一个存在，地代表另一个存在，人就是中间的一个存在。这不也就是坐标系吗？

天干地支也是一种坐标系。天干代表的是星空的运转轴，地支代表的是大地的运转轴。它们相互运转而相交就成了我们确定的时间，甚至空间。所以说，中国人早都有这个思想了，只不过是两者之间没有人去把它串联起来讲而已。中西文化，大的原则上看，实际上是一个道理。即确立人的存在。原则是道法自然。

金朝晖： 听君之言，一下就注意到你那句话：天大地大人亦大。

徐兆寿： 这是《道德经》里面的一句话。

金朝晖： 对，这句话我就特别想现场问问兆寿兄，为什么叫人亦大？

徐兆寿： 就是说我们在天地中间，本来是很渺小的，就像庄子讲的"夏虫不可语于冰"一样，夏天生死的昆虫不知道冬天的情景是什么样子，对吧？春草不知道冬天的情景是什么，因为你的生命到不了那个地方。在唐诗里有一首诗叫《春江花月夜》，这首诗被称为"一诗盖全唐"。为什么呢？李白、杜甫不是唐朝诗人的代表吗？而这首诗不是他们写的，怎么会评价这么高？因为它有无人能及的宇宙观。

在这首诗里，有诗人对浩瀚的宇宙时空的理解，就是江月年年都一样，但人生不一样。这首诗可以说是人还没找到自己的坐标系时的一种叹息。但似乎又找到了一条轴，那便是江水。可是江水年年都一样，这不是说的是时间吗？诗人便情不自禁地感叹，"人生代代无穷已"，在不断轮回的时空里，你又在哪里呢？在屈原的《天问》之后，陈子昂恐怕是另一个对存在发问的诗人。但前不见古人，后不见来者，时间和空间太浩瀚了，所以诗人感到了虚无，感到了无奈，便"独怆然而涕下"。下一个便可能是张若虚了。

他的发问是所有人类的问题："江畔何人初见月？江月何年初照人？人生代代无穷已，江月年年望相似。"江边出现的第一个人是谁？他又是怎么见这明月的？他当时是怎么想的？是不是所有人都问的是同一个问题？是不是所有的人都无法回答这样的问题？在人看来，每个人都是不一样的，而江月则是一样的。就仿佛人只是夏虫，而江月是冬天的冰，人是无法理解的，更是无法确立自己的存在的。在无限的永恒面前，短暂的人又能知道些什么呢？这是多么的虚无，怎能不叫人黯然神伤，怆然泪下？

金朝晖：也就是说，人在宇宙自然中，既渺小，又很大。

徐兆寿：是的，人若与草木一样，就非常渺小，但人有思想，又有道德，就很了不起。这也是我们从自然界中学来的，所以我们中国人的思想是法天、法地、法自然、法古人而得来的。

君子法天

徐兆寿：先讲法天。

刚才那句"江月何年初照人"实际上就是法天法地。月在天上，江在地上。长江年年如是，明月岁岁依旧，照见的那个人一直在思想，一直在发问，但那个人看上去是一个人，其实是无数个不同的人。人总是觉得自己不同，但又觉得江月是一样的。人不是江月，又怎能知道江月的想法呢？古希腊哲人赫拉克利特说："人不能两次踏进同一条河流。"西方的哲人看到了物质的不同，也就是河流其实也是日日不同。这说明人类面对的都是天地，只是感受不同罢了。这就是"三才思想"。

人，不断地在这样一个轮回的宇宙中寻找自己的位置。所以中国人的思想和西方人实际上都一样，只要是人就要面对这个永恒的问题。宗教、哲学、科学、人文艺术，看上去纷繁复杂，细节很多，其实要回答的问题也很简单，就是要回答人是什么，从哪里来，要往哪里去。

人类最早是从星空里寻找答案。中国人的首经《易经》是星相学，五行学说和天干地支学说是星相学，西方人流传至今的星座学说也是星相学。"我是谁？""我从哪里来？""我到哪里去？"这些问题是中西方人在早期不停地迁徙中思考出来的，而他们行走要靠星空的指引。中国人用的是北斗星，这就是天干地支的来历。犹太人的《旧约》就是人不停地要与上帝相约的历史。这就是法天。从一定意义上讲，人类都经历过一段法天的思想历程。中国人是一直继承了下来，把人一直放在天地中约束自己，形成了天地观念和自我约束的观念。西方人是人与天（神）斗争的过程中壮大了人本身，后来把天（上帝）杀死，最后只剩下了人本身，缺少了对人的约束机制。所以近代以来西方能发展就是靠人的智慧。但反过来讲，生态的破坏、人伦的丧失、信仰的崩塌、道德的毁灭也是这个原因。"三才思想"被破坏了，只剩下"一才"观念。人太大了，天地都不存在了。这也是百年来中国人学习西方时既能发展起来又感到不适的地方。

所以我们还是要适当地回到古人那里去，重新回到"三才思想"中去，完成新一轮的人文建设。首先就是法天。

《易经》是我们中国人的开篇之作。首卦乾卦里有一句话："天行健，君子以自强不息。"

金朝晖： 这话无论什么时候说起来，都让人觉得很鼓舞很深沉。

徐兆寿： 它这里说的就是法天。你看天的样子，就是不断地运行，没有停下来的时候，不舍昼夜，夜以继日，一直在运动。"天行健"，说得简单一些，就是说人要像天那样不停地运动，他就以健康的方式存在。反过来讲，能法天，能像天那样自强不息的人就叫君子。这样的人，也会像天那样达到四个境界："元亨利贞。"说得再通俗一些，君子要观察天空，学习天空的行为方式。那么，天空是什么样子呢？日月往来，夜以继日，寒暑交替，周而复始。如果能做到这样，人也就能达到"元亨利贞"的坦途。所以，《周易·乾·彖》便说："大哉乾元，万物资始，乃统天。云行雨施，品物流行……乾道变化，各正性命，保合太和，乃利贞。"

金朝晖：君子要学习天，要与天匹配。

徐兆寿：对，这就是法天。天永远都在运动中，而且以健康的方式存在。那么君子就要自强不息，你不能停下来。谁要懒惰谁就不是君子，也可以反过来这么讲。《道德经》里也有："天之道，损有余而补不足。"但人之道反过来了，"则不然，损不足以奉有余。"天就是这样。比如说有一句话："木秀于林，风必摧之。"

金朝晖："枪打出头鸟。"

徐兆寿："枪打出头鸟"，这说的是人的事情，但是自然界里也有"木秀于林，风必摧之"的景象。你一枝独秀，一直往高长，老天都不允许，你看，风就会来摧毁你。你如果树干太细，立刻就被摧毁，如果不怕被毁，基础要牢，最好是能弯弯曲曲地生长，那样就平安。这里的意思是，一个人要在人群里出头，人群里就会有风。这个风是什么？各种各样的议论和

行为。这就是人心。好的环境会让一棵秀树茁壮成长，这样的
环境必然是一个社会积极向上的时候。但是，就像四季轮回一
样，好景也不会太长，新的环境很快就来临了。因为之前积累
下来了一些问题，比如这棵树成长可能一路走了绿灯，有些绿
灯也许开的不是时候，现在秋后算账，人的忌妒、仇恨心理此
时便成为风气，这就是邪风。这股风一旦燃起，也很大，在所
有普通人的心上刮过时不免也带了点气，于是就会形成大风，
于是乎，独秀于林的树就这样被摧毁了。这是自然界给我们的
启示，又怎么说不是社会人心的规律呢？当我们知道这样的规
律时，便知道怎么处世，管理者也能知道如何让社会始终保持
正气。

　　所以，这句话的背后意味着，不要老想着自己一个人出
头，要带领大家一起向上才能保全自己。过去我们追求发展，
形成了一种有才就任性的习气。很多人说，我有才，我就要出
头。他不把别人当回事，也不去帮助别人，什么利益和光环都
往他自己身上贴，这种心理促使他无法无天，不能约束自己。
这个时候，就走过了头，连老天也看不过眼了。所以说，"木
秀于林，风必摧之"，是老天的启示。老天都不让你出头，至
少不要轻易出头，要出头可以，就把林子做大，把自己的枝干
壮大，风就不能轻易摧折你。但是，你也要看到，任何风来，
都首先吹的是你。如果你不明白这个道理，就是愚蠢，就是愚

妄。很多人不明白中国人为什么会这么世故，是因为在中国人看来，任何人类自设的社会逻辑，都不过是人类的虚妄而已，是不明白法天的道理。这是不智。西方一些哲人，如黑格尔，看了《论语》后就轻易地否定孔子，说他的思想没有逻辑体系，充其量也就是个有点感悟的作家而已。但他哪里知道，中国文化的逻辑就是天地宇宙的逻辑，不是哪个人能创造出来的逻辑。相反，在中国先秦时期的哲人看来，黑格尔等人自设的逻辑学如果不是道法自然的结果，便是妄作，是人类为自己设置了一个牢笼。宋明理学就是中国人给自己设的牢笼，已经违背了中庸之道的规律。黑格尔之后，全是反对他的人，为什么？物极必反是规律啊。他当然不明白。现在我们中国有很多知识分子也不明白这个道理，总是追求知识的绝对化，妄想把一些东西固定下来。这就是违背自然和事物的规律。所以，黑格尔和他的迷信者是不能理解这些的。当然，他更不知道孔子的逻辑体系在六艺之中。这是后话，我们以后再讲。

金朝晖：兆寿兄，我有一个困惑，真心请教。"木秀于林，风必摧之"。那就说，如果你自大了，超越周边了，你就有灾殃？

徐兆寿：是这个道理，所以你的根基要更深，要深到大地深处。像一座山，山越高，风就会吹得越多。喜马拉雅山不是很高吗？所以，它就挡住了天地间的风，把自然气候改变了。

它的四周是四种气候和物象。河西走廊的东端是乌鞘岭，很高，终年积雪。古时交通不便时，它的西边是一种和平景象，常常是游牧民族的牧场，而它的东边，则是另一番景象。秦岭也很高，所以，秦岭把中国分成了南北两种风景。也是因为如此，秦岭被称为中国的龙脉。如果你非常伟大，就像这些山脉一样，你看，就连山都不能是独峰，也是群山。独秀，不是中国文化倡导的，群山才是中国文化倡导的。这不是从社会学来的，而是从天地学来的。

金朝晖： 兆寿兄，这里面我有个困惑，我们的教育与奋斗又鼓舞着我们要大、要勇争第一。

徐兆寿： 这当然是对的，但是，我们没有明白天道还有另一面。这是人学习"天行健"的结果，所以社会和家庭一直在鼓舞人要自强不息。但是《易经》里还有一句话叫："地势坤，君子以厚德载物。"这两句在一起，我们现在只知道一句"天行健，君子以自强不息"是远远不够的。你要努力，你要怎么成长？一方面要看天，另一方面还要看地。

地是什么？很多人现在说，要仰望星空，还要脚踏实地，但是，他们知道天空是代表信仰，但他们不知道大地代表的是什么。不是光有奋斗就可以。这仍然是"天行健"。大地是什么？是道德，是自律，所以才叫厚德载物。

金朝晖： 你这么一讲就令人茅塞顿开了。很多人可能对自己的自我暗示是偏执，其实是缺文化。他学到的只是只言片语，是断章取义。

徐兆寿：他只是知道木秀于林，但是他不知道要把自己壮大，根基要越来越大。哪怕是一座山也一样，你看，山如果是直直地向上，是悬崖峭壁，独秀于世，这座山是很容易折的，遇到地震就完了。地震意味着什么，道德上的重振，伦理上的重振。是因为地理运动了很多年，地脉需要调整，所以才有地震。但是你看很大的山慢慢向上长去，底盘很大，人也能随意上去，你就永远都不会担心它会折。

金朝晖：像泰山。

徐兆寿：是的。另外比如说水，水从高处往下流，低处的水位也因此而变高。所以我就一直在想，如果是让天来做事情，实际上是公平的。我们对物质世界规律的把握是要改变世界，这个出发点有些问题。我们应当尊重自然，顺应自然。这才叫道法自然。人如果僭越了，天就会处罚你。这就是我们破坏生态后反过来被惩罚的原因。

天是很公平的。公平，公平，有公，才会有平。没有公，哪里来的平呢？所以，从中国文化来看，道法自然讲的就是公平。无论是过去中国人的大同世界理想，还是现在的社会主义理想，讲的就是公平二字。人要把自己先公起来，然后就能平了。任何事情都一样。这是中国文化的一个原理。儒家讲的就是这个。但地主或资本家独大的社会，首先要的是私，私就不会有公，所以不平。中国历史就是告诉人们这一点。有人研究中国的土地制度，发现每四百年就是一个周期，因为四百年的演变中，土地本来是公平分配给大家的，但后来经过买卖，大部分的土地被少数人占有，然后这些人就来奴役大部分人，最后导致一部分人走投无路，只好揭竿而起，打碎旧世界。新世界就是重新分配土地，每个人都有一份，这样就公平了。欧洲世界也是如此。马克思不是第一个梳理并批判这种不公平制度的，但他的批判最深刻最有力。

老子是中国历史上第一个批判这种现象的，他说，"人之道，则不然，损不足以奉有余。"人没有按照天之道行事，而是按自己的欲望行为，所以，把不公平的事一直做下去，损害那些本来就不足的人，却给了那些本来就有余的人。这样做事，连天都看不下去，所以就会有人起来反抗这种不公平。

佛教认为，什么都有因果，你只要种下这个因，一定就会有那样的果，这也是自然界的道理，种瓜得瓜，种豆得豆。除非中间有什么灾难之类的阻碍，你就没有了果。把佛教的因果与儒道的天道观结合起来看，就要公平，否则恶果就会发生。

君子法地

徐兆寿：刚才讲了，"天行健，君子以自强不息"是法天。法地，就是"地势坤，君子以厚德载物"。

金朝晖：这又是一阴一阳谓之道。

徐兆寿：对，这就是顺着伏羲当时画八卦的这样一种方式。晚上观看日月星辰的变化，仰观天象；白天俯视大地。一个是观天，一个是察地。现在我们总说要仰望星空，但是缺了一句话叫俯察大地，俯察民间。

金朝晖：为什么要俯视大地？

徐兆寿：《周易》的《系辞》里有这样一段话："易与天地准，故能弥纶天地之道。仰以观于天文，俯以察于地理，是故知幽明之故。原始反终，故知死生之说。精气为物，游魂为变，是故知鬼神之情状。与天地相似，故不违。知周乎万物，而道济天下，故不过。旁行而不流，乐天知命，故不忧。安土敦乎仁，故能爱。范围天地之化而不过，曲成万物而不遗，通乎昼夜之道而知，故神无方而易无体。"

这段话很重要，讲的是古人行为处世的至理，但说到底就四个字，道法自然。《易经》为什么是古之大法，是因为它"与天地准"，是天地的大法。能知幽明之故，能知死生之说，能知鬼神之情状。他还说，如果我们按这样的道行事，就与天地相似了，就不违背什么了，就能道济天下，还有什么过错吗？能不忧，能仁爱。

明白《易经》，做任何事，处理任何问题，都能看其两端，正所谓一阴一阳谓之道。在天成象，在地成形。不仅要观察象，还要观察开迹、纹理。这样就能知道天空是如何运行的，虫子是怎么跑的，老虎怎么吃人、吃动物的，山川怎么运行的。知道这些后，就能找到处理事情的纹理了。这就是道法自然。庄子散文中的《庖丁解牛》的故事就是一例。如果我们知道事物的纹理，就是知道了其道，然后顺着这样的道去处理事情，神不知鬼不觉地就处理好了。何谓神通？就是懂得道的缘故。要懂道，在古人那里，就是要通《易经》。

金朝晖：昨天不是下雪吗？咱们的摄制组不是拍黄河去了吗？

徐兆寿：噢。

金朝晖：拍到了伏羲女娲的雕像。你刚才这么一说，很形象的，历历在目。一个看天，一个察河。

徐兆寿：对。这个雕像表现出来的伏羲女娲的两个动作，是很形象的。它也非常生动地告诉世人，获得真理有两个面向，一个是看天，一个是看地。还有一个他忘了，那就是看自然。俯察大地，自然万物，当然就是自然万象了。所以"地势坤，君子以厚德载物"，讲的就是人要有美德。前面讲的是才能。这叫德才兼备。

金朝晖： 讲到这里，兆寿兄，我感悟到你点破了我的一个困惑。就刚才说的"天行健，君子以自强不息"，"天大地大人亦大"，那么人应该是往大里壮。后面这些话我就明白了，你得有这种阴阳双向的东西——一方面你要懂得大，一方面要懂得小。

徐兆寿： 对。还有比如说看天。看天我们有三个景象：一个就是太阳，是白天，白天偶尔也会有月亮，但是很淡；第二个就是晚上有月亮，月亮从亏一直到盈，也就是从月牙一直到圆；月亮没有的时候，或者月亮小的时候，你会看到星光灿烂。它是三种存在，哪一种存在都不能少。所以我们有人说，这世界上只有太阳就行了。没有月亮，没有星空，也就是说是只有阳没有阴，或者只有天没有地，也没有万物。太阳怎么能独存呢？不可能。只有月亮行不行？也不行。生命都不能生发。太阳是让生命生发的，月亮是让生命休息的，经过一个休整。我们人也一样，白天这么忙，晚上要休息，然后重新开始第二天。这就是孤阳不生，独阴不长。还有星空呢？星空也是阴。如果说我们把太阳比作君王，把月亮比作王后之类的，那么我们把星空就比作百姓，比作大众。我们现在的社会追求人人平等，追求星空、民主。星光灿烂是好，但是没有太阳和月亮的时候，只有星空，将会怎样？这就要看天。过去我们相信，天上的一颗星掉下来，人间的我们就少一个，我们虽然生活在大地上，但同时也被并列在天空中，那里都有我们的位置。这是多么美好的一种比喻。这种景象令人沉醉。

可是没有太阳和月亮，生命怎么能够得以延续？这就是说只有众声喧哗的民主是不行的。只有太阳或月亮行不行？也不行。天空中的规律很简单：太阳，相当于我们的信仰。当我们都有信仰且有共同的信仰时，万物得以生长，众生得以继续；当有月亮和星星的时候，会稍稍暗淡一些，这时候我们需要休养生息，其实此时也是人们的信仰被月亮和星星稍稍遮挡的时候，月亮把太阳的阴影处露了出来，人们开始怀疑太阳；当月亮也沉没，众星开始喧哗，以为自己可以主宰天地。但是，我们会发现，除了太阳和月亮，再亮的星星也不能令万物生长，它们只代表自己，无法代表生命共同需要的太阳。经过漫长的喧哗与骚动，众星终于暗淡下去，共同接受太阳的照耀。于是，新的一天又来临了。

这种天象告诉人们：任何一种伟大的思想，当它经过一段时间后都会被人们怀疑，于是会面临众声喧哗，会面临黑夜，然后又会迎来新的黎明和太阳。这正是中国人的思想：天下大势，合久必分，分久必合。这也是《易经》六十四卦的思想。乾卦如果代表太阳，那么坤卦就代表月亮。在一年里，乾卦和坤卦分别代表一个时期，阴阳变化决定了一年的变化。它们都是在一个循环往复的系统里进行，任何一个景象都不可能永远不变，变恰恰是天地的大道。所以，古人强调，圣人就是要变通，在变中寻找大道。

老子在《道德经》中有一句话，历来被人们争议，即"天地不仁，以万物为刍狗；圣人不仁，以百姓为刍狗"。

王昱茗：老师，这句话怎么理解？

徐兆寿：人们总是站在人的立场上来看天地，但天地并不是为人而存在，天地是为天地和万物而存在，人只是其中的一种生灵而已。春夏秋冬是一年的四个季节。没有春种就不可能有秋收，更不可能有冬藏，但并不是说人们喜欢春夏就可以不要秋冬了，尤其是寒冷的冬天。冬天是必须要到来的。当它来临的时候，万物凋零，就像一场战争一样，无比残酷。但我们是不是可以不要冬天？

当然是不能的。冬天必然要到来，就连天地都无法阻挡它的到来。因为没有冬天就没有春天的来临。对于天地来说，春天和冬天是一样的，没有什么喜欢与不喜欢。但对于人类来讲，就不一样，人类喜欢春天不喜欢冬天。这就是天地与人类的不同。天地是没有仁爱观念的，正因为如此，暑来寒往，夜以继日，生命得以轮回，时空得以延续。

那么人类中间的圣人呢？他们是不是就不一样？

他们也许本来喜欢春天，不喜欢冬天，这与普通人是一样的，但是，当他们通晓天地的大道后就不同了，他们就不能按喜好来对待春天和冬天。尽管他们不喜欢冬天，但因为明白必须要有冬天的寒冷才能有春天的温暖，所以，他们就令自己接受冬天，并尽可能地喜欢冬天。其实，也无所谓喜欢不喜欢。这是他们与天地合道的地方。所以，在处理世事的时候，他们并不会考虑到百姓的喜欢而喜欢，也不会因为百姓不喜欢而不喜欢，他们会效法天地之法做到不喜不忧。当人世间的寒冬来临的时候，他们会像面对春天那样静静地面对寒冬。

这种观念很多人可能不能接受，因为这些人都没有理解天地的法则，把人凌驾于自然万物之上了，把自己的喜好凌驾于天地之上了。这是要不得的。比如，当这个世界和平一段时间以后，因为它不断地在运动中积累了很多问题，太阳终于要降落下去，月亮升起来了，然后便是星空开始灿烂。星空最美的时候是什么时候？

是寒冬的星空。天空一尘不染，太阳离大地最远，不存在了，月亮也不存在了。这时你去看星空，多么灿烂啊！但同时又是多么寒冷。圣人们在这个时候观察天象便明白了这一点，而普通百姓并不懂其中的道理。所以，圣人们知道，严冬是一定要来临的，因为春天很快就会来临。

这是法天。

天与地是协作运动的，法天的同时也要法地。法地就是追求美德。怎么理解呢？

当我们看见天空最美的时候，再看看大地上，也正是万物凋零的关头。圣人是懂得节制的。此时是最悲伤的时候，但同时何尝又不是最令人惊喜的时候，因为春天就在这个关头开始了它的历程。在这样的大道面前，圣人明白了一件事，即人不过是万物之中的一种，不过是生命中的一个生灵，即使再有灵性，也不能僭越这条天条。这就是天道。圣人遵守天道的规律。在这样的天道面前，圣人就不可能有超越天地大道的妄作，所以也就有了节制的观念。人就放下了自大，放下了奴役万物的执念，放下了超越自然规律的妄求。这一百年来，我们的生态为什么被破坏，是因为我们总觉得人是世界的中心，是万物的主人，是可以超越自然规律而生活的，是可以凌驾在天地之上的。我们把自己看得太高了，没有了节制的观念。

除张若虚的那首诗外，李白也有一首诗是讨论人的宇宙观的，他这样写道："夫天地者，万物之逆旅也；光阴者，百代之过客也。而浮生若梦，为欢几何？"多好的诗啊！伟大的诗人都是对存在有体验和询问的人，比如苏东坡的"明月几时有，把酒问青天。不知天上宫阙，今夕是何年？"

人是短暂的，在无限的时空面前，诗人们感到了孤独，感到了绝望，而恰恰是这个时候，才是遭遇大道的时候，才是人感悟天地存在的时刻。也只有在这样的时候，人会感到自己所有的一切其实都有虚妄的一面。臧克家的那首诗写得很好："有的人把名字刻在石头上……名字比尸首烂得更早；只要春风吹到的地方，到处是青青的野草。"瞧，这也是道法自然。多少帝王妄想永恒，长生不死，但他们怎能摆脱天地的规律。

当圣人懂得这些规律时，便从内心生出一种道德来，这就是人道。

金朝晖：兆寿兄，儒家的那个"仁"是否可以这样理解：它是两个人，一个人是自己，另一个人是别人。你只有说有自己、有别人的时候，你才能得仁。

徐兆寿：可以这样理解。孔子说，仁者爱人，就是这个意思。也可以看作从人从二，一个人站在二旁边，二代表什么呢，上面的一横是天，下面的一横是地，也就是人站在天地面前，是效法天地之道，仍然是三才思想。人在效法天地的时候，就会把自己看作他人和万物，这个人是大写的人，是大写的生命。它也似乎在说，天地间有了人这样一个生命，天地才生生不息，才充满了仁爱，才贯穿了爱。其实，这样说的时候，还是要有节制的观念，不能把这种观念放大，一旦放大就成了人本中心主义观念，有节制时就会把人与万物平等起来看。

金朝晖：太好了，这样就通了。

君子法自然

徐兆寿：《道德经》上说，一生二，二生三，三生万物。一是道，二是天地，天地生人、生万物，万物成自然。所以，君子在法天、法地的过程中，还存在一个法自然的原理。天和地是非常空旷的两个存在，不容易观察和理解，但身边的万物是很容易观察和理解的，所以中国人的思想里君子要道法自然，以自然为师。当然，这里讲的自然，我再强调一下，有大概念，有小概念，有古人的自然观，有今人的自然观。我们既要往前回溯，知道古人的自然是一个很大的概念，是所谓的主观世界与客观世界的合一，但我们又要兼顾今天，毕竟所有的思想都要为今天所用，而今天的自然就是指客观世界，物质世界。这在前一章《道法自然》中已经讲得很清楚，在此不赘述。我们把它们都混为一体，简化为一种有情的自然。

比如，我们熟知的四君子不是人，而是自然之物，梅、兰、竹、菊。

金朝晖：优美的对照。

徐兆寿：梅、兰、竹、菊四君子，梅在最前面，这是为什么？

因为冬天是人们最不喜欢的季节，是万物凋零的季节。百花凋敝，唯有梅花独放。这是怎样的一种精神啊！大自然竟然有这样一种景象。你想想，大雪封门，所有的花草都死了，就连一些动物也被冻死了。一片肃杀的景象。你推门而出，茫茫世界毫无生气可言。你走出去，走着走着，突然看见一枝鲜红的花朵，怒放在大雪之中。那样令人震撼！这就是雪梅。人们把它称为君子。

古往今来，无数的文人赞美过红梅。南北朝的鲍照写过一首《梅花落》，"中庭多杂树，偏为梅咨嗟。"庭院里那么多的树和花，偏偏要为梅花叹息，这是为何？诗人写道："问君何独然？念其霜中能作花，露中能作实。"正因为此花能在冰天雪地里开花，实在是一奇，这岂是那些杂树们能比的。那些杂树啊，只能在春天开，且有些媚态，又会在狂风中吹落，哪能比得上梅花的风骨。

唐朝诗人卢仝有诗《有所思》，把梅花比喻为美人："相思一夜梅花发，忽到窗前疑是君。"

不过，黄檗禅师的咏梅诗最为后来者熟悉且赞叹，他写道："尘劳迥脱事非常，紧把绳头做一场。不经一番寒彻骨，怎得梅花扑鼻香。"这大概是关于咏梅诗中最经典的诗句了。

但赞美最多的还是从宋开始。那时，是中国文化开始过分强调道德的时候。宋时，文人主世，文胜过质，所以对道德的强调要多于性情。梅花就是在这样一种文化背景下被推上了历史的前台，成为道德的榜样。

天地生君子

王安石写道："墙角数枝梅，凌寒独自开。"带了一些伤感之意，但又不乏傲然之骨气。其实，王安石描绘了一种意境，也就是梅花的存在意境。它在墙角，独自开放，不被人关注，但是，因为在严寒中开放，所以被诗人意外地看到了，触动了心弦，便有了这赞美。不管怎么说，这赞美着意了一些。

李清照的诗看似在写景，但仍然有意为之。她写道："雪里已知春信至。寒梅点缀琼枝腻。香脸半开娇旖旎。当庭际。玉人浴出新妆洗。造化可能偏有意。故教明月玲珑地。共赏金尊沈绿蚁。莫辞醉。此花不与群花比。"

梅花已经被诗人从群芳中摘了出来。文人们最喜傲骨，数来数去，天地间只有梅花，于是，梅花便成了一种人格。此诗与明代徐渭的咏梅诗极为相似："皓态孤芳压俗姿，不堪复写拂云枝。从来万事嫌高格，莫怪梅花着地垂。"清代的郑板桥则有些孤冷了："晨起开门雪满山，雪晴云淡日光寒。檐流未滴梅花冻，一种清孤不等闲。"

因为对梅花的这种偏爱，使梅花渐渐成为一种独具的品格。你瞧，我们熟悉的《红梅赞》是这样写的：

红岩上红梅开

千里冰霜脚下踩

三九严寒何所惧

一片丹心向阳开　向阳开

红梅花儿开

朵朵放光彩

昂首怒放花万朵

香飘云天外

唤醒百花齐开放

高歌欢庆新春来

还有我们熟悉的《我爱你中国》中有"我爱你红梅品格，我爱你青松品质"的歌词，红梅品格已经成为中国品格。

金朝晖：我突然想起毛泽东也有咏梅词。"风雨送春归，飞雪迎春到。已是悬崖百丈冰，犹有花枝俏。俏也不争春，只把春来报。待到山花烂漫时，她在丛中笑。"

徐兆寿：是的，这首词大概是与陆游的咏梅词有些互文关系。陆游写道："驿外断桥边，寂寞开无主。已是黄昏独自愁，更著风和雨。无意苦争春，一任群芳妒。零落成泥碾作尘，只有香如故。"虽然在赞颂梅花的高洁孤傲，但仍然有些清冷、哀怨。毛泽东的诗则一反其意，烂漫无比，显示出一位伟人的豪迈气魄。大概咏梅诗词到此也就告一段落了。

金朝晖：为何这样说呢？

徐兆寿：毛泽东的这首词写于 1961 年，发表于 1963 年。

从那以后，一方面再没有诗的品格超过这首词的，另一方面现代诗也不再以道法自然的原理去创作了，描绘自然的诗越来越少，写人所思所想的越来越多。

金朝晖： 好，四君子第一位我们认识了，其他三位呢？

徐兆寿： 第二位是兰花。一种花叫君子兰，我曾经养过，其叶挺拔秀丽，其花清新脱俗，极为俊美。对，是俊美。我们就不再像分析梅花那样把历代写兰花的诗词一一列出并分析了。对咏梅诗的分析是想告诉大家，中国古人对这些自然界的草木有观察，并赋予了其精神品质，且有偏爱了。空谷幽兰，清雅脱俗，谦谦君子，便是君子兰的品格。

第三位君子是竹子，你看它一节一节，挺拔，秀丽，不弯腰，不折节。这是赞美一种做人的气节。"苍苍竹林寺，杳杳钟声晚。"这是唐朝诗人刘长卿眼中的景象。竹林成了修行者的伴侣。"独坐幽篁里，弹琴复长啸。深林人不知，明月来相照。"这样的意境和自由是文人们心中的桃源。"竹生空野外，梢云耸百寻。无人赏高节，徒自抱贞心。"这大概是对竹的气节和孤傲写得最好的诗了。"咬定青山不放松，立根原在破岩中；千磨万击还坚劲，任尔东西南北风。"这是对竹子坚忍品质的一种赞颂。

如果我们再引申一点，可以说，竹子就是一个求道者的形象，它只向着天空不停地生长，它的信仰是道，而不是皇帝，所以，它不弯曲不折腰。

第四位是菊花。对菊花的欣赏大概与陶渊明有关系。宋代周敦颐在《爱莲说》中写道："水陆草木之花，可爱者甚蕃。晋陶渊明独爱菊。"某种意义上讲，陶渊明的品格、追求也就与菊花的品格融为一体了。陶渊明是独善其身、不改其志的求道者的代表。他不愿意为五斗米而折腰，所以辞官回乡，"采菊东篱下"，"心远地自偏"。这种不与世俗为伍的心性品格便是菊花的高洁品格。

傲骨、幽静、守节、慎独此四种品质，便是梅、兰、竹、菊四君子的四个精神写照。过去中国人取名字，都喜欢用这些名词。比如，给女孩子们往往取名某某兰、某某梅、某某菊，男生就取名仁、义、礼、智、忠、孝、寿相关的。如我的名字里有"寿"字，亚茹的名字里有"茹"，张雍的"雍"是一种高贵的品质。这就是中国文化无处不在的地方。所以说，道法自然是中国文化的基本原理，是处处都要用到的思想。

过去我们的先贤们讲君子都有一个非常盲目的地方，讲君子就是孔子提出来的君子概念和特征，即《论语》中说君子是什么样子，君子就应当是什么样子，《论语》中没讲的就不是君子。这是错误的思想。孔子肯定不是这么想的。

金朝晖：那孔子什么想法？

徐兆寿：孔子的思想是以《易经》为基础的，当然这是到了五十岁以后，五十岁之前可能是不自觉地在用。这就说明孔子的思想原理也是道法自然，是法天、法地、法自然、法古人四个面向。很多人以为孔子的思想拘泥于《论语》中，这是大错特错的，也是两千五百多年以来被理解错了的地方。《论语》确是孔子思想的集锦，但它没有完整的体系，所以黑格尔和雅斯贝尔斯等西方的哲学家无法理解孔子。但是，西方人的认识也是从中国人那里翻译过去的，这说明我们中国人把孔子理解错了。我在好几篇文章中讲，孔子是一位教育家，也是一位编辑家，当然也是位经典作家，要理解他，要从他编辑完成的六艺中去理解就完整了。《易经》是他的形而上学，即我们说的哲学，里面就是道法自然的原理。他从十五岁开始学习，到死时还在钻研，认为还没有彻底完成。他把世上关于《易经》的资料编撰到一起，形成了《周易》。《春秋》是他五十六岁流亡列国时写的，大概是他唯一的作品，是他的史学。诗、书、礼、乐四经是他四十岁之前就基本完成的，后来还经过一些编辑。《诗经》是他的诗学，《尚书》是他的政治学，《礼记》是他的伦理学，《乐经》是他的艺术学。这样理解的时候，他就是伟大的，系统的，是与西方亚里士多德一样伟大的集大成者，否则，我们就无法理解孔子的伟大。关于这一点，其实后世司马迁在《太史公自序》里写得很清楚，他说：

　　《易》著天地阴阳四时五行，故长于变；《礼》经纪
人伦，故长于行；《书》记先王之事，故长于政；《诗》
记山川溪谷禽兽草木牝牡雌雄，故长于风；《乐》乐所
以立，故长于和；《春秋》辨是非，故长于治人。是故
《礼》以节人，《乐》以发和，《书》以道事，《诗》以
达意，《易》以道化，《春秋》以道义。

　　不是古人没说，而是我们后世读书人不好好去读书，硬是
断章取义。

　　然后，我们再来理解孔子关于君子的种种讲法，是不是就
能理解了？他只是讲了君子的一些特点，并非全部，但是，从
六经入手，我们就知道他全部的思想原理都是道法自然。这样
再来理解后世关于君子的说法就通了。梅、兰、竹、菊四君子
全是道法自然的结果，对吧？自然界里的万物都是我们中国
人的老师，水也是我们的老师。水是从高处往下面走，以柔克
刚，滴水穿石，所以我们教育孩子说一定要坚持不懈，滴水都
会穿石。

　　我们说陶渊明爱菊，王维爱竹子，周敦颐则爱莲。《爱
莲说》中说，莲花是"出淤泥而不染，濯清涟而不妖，中通外
直，不蔓不枝，香远益清，亭亭净植，可远观而不可亵玩焉"。
这样的莲花已经拥有中庸之道，能够独善其身，且非常节制而

自爱，这才是真正的君子。

此外还有很多法自然的地方，例如赞美松柏的品格。《论语》里说："岁寒，然后知松柏之后凋也。"《我爱你，中国》这首歌中，青松品质已经升华为中国精神。

金朝晖："大雪压青松，青松挺且直。要知松高洁，待到雪化时。"

徐兆寿：对，这是陈毅将军的诗。《荀子》里也说："岁不寒，无以知松柏；事不难，无以知君子。"事情不难的时候，怎么能知道你是个君子呢？所以王阳明说做事知行合一才能看出是君子。君子和小人是一个对立体、矛盾体。所以我们古人从这些自然万物中来寻找老师，不是说只有人才能成为我们的老师，万物都可以是我们的老师。孔子说，"三人行，必有我师焉"，人人都可以成为我们的老师，大自然更是我们的老师。

李白的《古风》中写道："松柏本孤直，难为桃李颜。"写的不就是他自己的诗仙品格吗？"天子呼来不上船，自称臣是酒中仙。""安能摧眉折腰事权贵，使我不得开心颜！"松柏本来就是孤独且笔直的，是往上长的，不可能像桃李那样弯弯曲曲。在这里，李白为了夸松柏，对桃李还有一点责难，有些贬低，说桃李还有点媚颜。

这使我们又想到另外一句话叫"桃李不言，下自成蹊"，什么意思？桃李有树枝，有果实，有它自己独特的一番景观，但它不会去说，下面的人却自动地走成了一条小的道路，大家在它下面乘凉。有人说老师就是"桃李不言，下自成蹊"的人。你只要做好了，为人各个方面做榜样，下面的学生都会看着你去做。瞧！古人都学自然，以自然为师。

为什么？因为古人没有把自己看得太高，每天都是观察大自然，夜里观察天象，白天观察万类，以此体会道是什么。比如，他们看到大海时就观察，发现海是这世上最低姿态的事物，没有什么事物比大海更低了，只要人站在海边，就比大海要高，但正是这样的谦卑宽容，所以大海才能广纳百川。大海教会人们要谦虚、宽容。但现在的人都把自然当奴隶，把自然当成自己所需要的物质，不再把它们当老师。人类太自大了，只看重自己的想法，且自我构建了一套逻辑体系，还追求绝对真理，以为天地万物是按人的意志在进行。这是多么的狂妄自大！人类一定会自亏的。

君子法圣人

徐兆寿：何为圣人？

孔子把人分为小人、士、君子、贤人、圣人。庄子在圣人之上又加了两种人，至人，神人。庄子主要强调要与道并行，逍遥而游，强调了整体性，模糊了是与非。孔子则主要强调人的道德，既要讲整体性，还要大讲为社会树立正面价值观的道德，也就是说在太阳、月亮、星星三者方面多强调了太阳的正向作用。所谓圣人，就是不仅要懂得大道，还要道德上追求高尚。

也许很多人不同意我的观点，会强调道家与儒家的不同，说道家主要讲天道，而儒家主要讲人道，也就是说道家很大，是宇宙观，而儒家就小了，是为了管理人群社会而自设的一种只关于人的道德观念。一百年来，很多人都持这样的观点。这显然是错的。

"《易》与天地准，故能弥纶天地之道。"说这话的不是老子，也不是庄子，而是孔子，这是孔子作的《系辞》里的话。人们显然忘记了，《周易》是儒家首经。道家也是从古之道术中发展来的，这"古之道术"为何物？我在一篇文章中专门探讨过这个问题。老子的道术不仅有孔子所持的周文王和周公以来的《周易》，还有《易经》《连山易》和《归藏易》。这个问题说起来很绕，以后再谈。我们现在来看看，道家的道是什么，儒家与道家在哪些方面有不同。

道家也以《易经》为主要经典，在观察天地中，发现祸福相依、是非相从，所以，更多地强调人要与天地自然融为一体，物我合一。这一点在后世道教中很明显。

儒家则不同。孔子在编撰《易经》时发现，一切都在变，六爻一变，也就是某个条件发生了变化，所以，结果也就不一样了。那么，在这种永恒的变化中，有什么不变的吗？孔子发现，当一个人遵守着自然的规律，能深察事物的运行之法，便是悟道了，他只要做到守礼仪、行正道，就可以不惧灾祸、不怕得失了。

说到底，儒家强调的就是一个词：正道。这就是他说的"善易者不占"的道理。心中没正道的人，会患得患失，甚至会为自己得到利益而损害别人。在此之前，《易经》主要是占卜得失、吉凶，并且趋吉避害，似乎没有什么是非对错，但孔子在这种永远变化的洪流中立了一块中流砥柱，这就是君子。所以，自孔子编撰《周易》后，"君子""礼""仁义"等儒家的词汇进入了《易经》的解释系统，这就是义理。义理在今天是很容易读懂的，但是真正明白它的道理则需要和数术、象结合起来。在孔子的解释系统里，君子不必非要趋利避害，有时恰恰需要冒天下之大不韪，知难而上，也就是说，君子是敢于牺牲自我的，但往往在这种时候，君子又能逢凶化吉。这是什么原因呢？是因为君子心中有道，有道则多助，失道则寡助。

这其中的道理非一般人能理解。就像司马迁在《报任安书》中所说的那样，"此可为智者道，难为俗人言也！"但这就是儒家的不同之处。所以，才会有"天行健，君子以自强不息；地势坤，君子以厚德载物"的思想。

现在，让我们回过头来再说君子师法圣人的原理。有三个人的故事可以说明白这个问题。第一个是孔子，第二个是司马迁，第三个是王阳明。

孔子师法圣人的例子想必大家都很清楚，他的老师有好几位，老子是一位，他向之学礼；师襄子是一位，他向之学乐。还有一位就是周公，他没见过。周公之前，还有几位，周文王、商汤、大禹、舜、尧等。他一直在提这些人，觉得这些人可以效法。他的理想也是成为这样的人，所以他师法谁就会向着谁的样子努力。他特别推崇周公。

金朝晖："周公吐哺，天下归心。"

徐兆寿：对。这是曹操的诗里面的，说的是一个典故。周公在辅佐武王打下江山时，其封地在鲁地，他还不能去，于是派自己的儿子伯禽前去管理鲁地，临走时，他对伯禽说，我是文王的儿子，武王的弟弟，又是成王的叔父，我应当是真正的贵族了，在天下的地位也很高了，但是我在洗澡的时候要多次停下来，吃饭的时候，常常是把刚刚吃进嘴里的肉要吐出来，这是为什么呢？是水凉了还是肉不香？都不是，是因为正在洗澡和吃饭的时候，天下的贤士们来了，我得去接待他们，就这样，我还害怕失去天下的贤士。你到鲁国去，一定要谦虚待人，万不可骄傲。这一个故事可以看出周公是一个怎么样的圣人。

金朝晖：这样的人后世真的是不多了。

徐兆寿：后世之人学的都不是圣人的样子，都是骄横、任性，按自己的欲望在做人做事，而不是按圣人的要求，所以越来越不行了。

我说的第二个人是司马迁。司马迁著有《史记》，人们没有把他当圣人。人们把他当成一位史学家，一位经典作家。但人们忘了他有一位老师——董仲舒。董仲舒是《春秋》公羊学大师，司马迁曾向董仲舒学习。世人都把他们当成两个不同的人。董仲舒"罢黜百家，独尊儒术"，似乎没有司马迁什么事。但人们忘了司马迁的一系列著述。

司马迁在《太史公自序》中写道，先人留下一些话，说周公是一位圣人，他死后五百年出了一位圣人，即孔子。孔子死后到现在又五百年了，该到出圣人的时候了。这个圣人要"正易传，继春秋，本诗书礼乐"，是要继承六艺。你可不能推辞啊！

这就是五百年出一个圣人的说法。司马迁及其家族对他是有期许的，是要他做圣人的。也正是因为这个原因，司马迁才要继承《春秋》精神写《史记》，因为在他看来，礼义大道全在《春秋》一书中。而《春秋》之义全都是从董仲舒那里学习的。此其一也。

司马迁还学习孔子博学的精神，对百家都进行了研究，他发现百家都有所长，也都有所短。对儒家，他说得最多。所以，他也要像圣人孔子那样重新对百家之学进行梳理，并进行整合。事实上，在实践层面，他的老师董仲舒已经做到了这一点。儒法相合，便有了《春秋》决狱的思想；儒道阴阳相合，便有了天人感应等思想；儒农相合，便对四时有了新的界定。儒家的礼教与阴阳五行的思想相融合，便产生了"三纲五常"的伦理道德观。从某种意义上讲，司马迁的《史记》是对董仲舒思想的有效解读。从根本上来讲，司马迁的一切是师法圣人的结果。

王阳明也一样。据说，在他十一岁时，有人夸他很聪明，将来一定能考取状元，他却不屑一顾地说，状元有什么好的，要做就做圣人。他的父亲听后，惊奇地问他，什么是圣人。他说，能为天地立心，为生民立命，为往圣继绝学，为万世开太平的人就是圣贤。也正是因为从小就以圣人为标准要求自己，他终究能够在龙场悟道，开创了心学。

这就是君子师法圣人的原因。你以圣人为师，最坏的结果是不做小人，起码也是君子。

君子无常法

张哲玮：徐老师，我想说的是，我们现在对君子的理解是不是有些儒家"原教旨主义"了？

徐兆寿：哲玮说得很对，我们学者对君子的理解往往是用《论语》里的一些词汇来试图固定君子的内涵。比如"君子不器"之类的。有人进行过总结，说《论语》中的君子至少有几个方面的表现：

一是有道，说"君子不器"。君子是求道弘道者，不是器具。也就是说君子是有形而上思考精神的人，不是形而下的重利者。还说"君子去仁，恶乎成名？君子无终食之间违仁，造次必于是，颠沛必于是"。君子若是远离了仁义，又怎么能够称得上是君子呢？君子不会在吃饭的时间也离开"仁"，即便是在最紧迫的时候也能够按"仁"的法则去行事，即便在颠沛流离之间也要按"仁"的精神去要求自己。

二是有德，说"君子怀德，小人怀土；君子怀刑，小人怀惠"。这里把"德"与"土"对立了起来，是历来难解的地方。"土"，可能就是指具体的土地一类的利益吧，而"德"是一种精神。这样理解就通了。"刑"与"惠"也对立，"刑"指刑罚。"惠"是实惠。君子时时刻刻想的是事情的界限，要有底线，否则首先自己就对自己进行刑罚的处理，而小人呢，

155

则时时处处想的是如何得到实惠，心里是没有底线的。

三是言论符合"君子欲讷于言而敏于行"。君子说话要慎重，不要轻易说别人的是非，也不要轻易判断是非。这使我们想起孔子去拜见老子的情景。老子对他说，我不是做官的，所以不能给你以官职，也不是经商的，所以也不能给你钱财，就假借仁人之名给你几句话吧。他给孔子说的是什么话呢？结合司马迁《史记·孔子世家》和《庄子》里的一些记载，就是你太显示出自己的聪明才智了，总是很快就能发现一些人的缺点，但你只是说出了一个方面，因为你只看到事物的一个方面，没有看到事物的另一方面，所谓一阴一阳之谓道，你总是看到阴的一面，没有看到阳的一面，或者你只赞扬阳的一面，却看不到阴的一面。阴是什么？不是阴谋，而是看不到的东西，可能是省察不到的智慧，可能是他后来所讲的鬼神之道。总之，他告诫孔子说话要谨慎。孔子还说，在行动方面可敏锐一些。这句话可与另外一句话联系起来看，即"先行其言而后从之"。先把说的话践行了，再将它说出来。也就是先做后说。小人呢？可能是先说后做，或者说而不做。

四是行为符合"君子之于天下也，无适也，无莫也，义之与比"。意思是君子对待天下的人和事，没有一定要去做的事情，也没有一定不去做的事情，只是遵循道义罢了，有道则行，无道则止。

　　五是处世法则符合"君子周而不比，小人比而不周"，"君子喻于义，小人喻于利"。君子处理一切事情都会以公正、中庸的原则态度去进行，而不是以区别之心对待别人，但小人就不同，他会进行对比，区别，然后从利益的比较中来处理事情。所以，君子能够通晓大义，小人则只看重切身利益。这两句可放在一起来理解。

　　六是胸怀和境界符合"君子坦荡荡，小人长戚戚"。君子因为心中有道，知道事物运行的道理，明白什么是应当去做的，做到什么地步就要停止。因为有道，所以不患得患失，所以不忧，心中便没有失去。这样的人就坦坦荡荡，但小人恰恰相反，因为他不明白道，心中全是利益的患得患失，所以便总是忧心忡忡。这里说的是境界。还说"君子之过也，如日月之食焉。过也，人皆见之；更也，人皆仰之"。君子也会有过失，这就是阴阳之道。一个人怎么能没有过失呢？但君子的过失，就好像日食、月食那样很快就结束了，因为君子会尽快纠正自己的错误。但是，君子对待自己的过失，不隐藏，不修饰，他要让人人都能看见；他改过后，人人都仰望他。这是为什么呢？因为君子明白道法自然的道理，有白天就会有夜晚，要清清楚楚、明明白白。这不是给自己看的，也不是给别人看的，而是事物的变化而已。

　　这是《论语》里能够查到的一些内容，但是，如果按照这样一种方法去解释何为君子的话，就有些呆板了，就好比人们总是以《论语》去理解孔子一样。如果真要理解孔子，就必须要用六艺去理解，同理，要理解君子，也必须以六艺去理解君子。

这样就摆脱《论语》的"原教旨主义"的桎梏了。但现在人们似乎还没有摆脱，有两个方面是需要克服的。一个是研究中的"原教旨主义"。这一点，我们说得很清楚了。这是书生们的桎梏。这就是我们常常说的刻舟求剑，守株待兔，榆木疙瘩。大多数人是读了一点书，知道《论语》很重要，也相信一些人说的《论语》就是孔子的全部思想，所以从《论语》中寻找君子的定义。还有一部分是研究者，多是考证派，从这个词到那个词，属于碎片化研究，少了整体性观念，所以总是一知半解，不能通达。这样的学术只属于一部分小圈子，不能走向大众。

另一个是似乎摆脱但仍然未摆脱的理解中的"原教旨主义"。只举一个例子，余秋雨先生的《君子之道》。余秋雨先生是非常了不起的，他的文化散文开了一代风气，他对中国传统文化的理解也极其通达。我曾经听过他讲中国传统文化的基本特征，有礼仪之道、君子之道、中庸之道几个方面，我当时觉得有一种清朗的感觉，但后来还是觉得有些不对。为什么呢？因为他说的主要还是人们通常理解的儒家文化，其他文化呢？似乎少了包容和融通。我要感谢余秋雨先生，是他的几个理解把我带入重新总结中国传统文化基本特征的新路上来。现在我们会到处看到社会主义核心价值观的二十四字，每一次看都觉得包罗万象，把当今人类最好的词汇都拿来了，可以说是真正的大气象，但也存在一个问题，就是二十四字由十二个词汇组成，记起来有些困难，所以我们需要认真地梳理才能记清楚。此时，我便想起中国两千年封建文化的核心词汇就四个字：三纲五常。不管你说它落后也罢，封建也罢，但很容易记住，也很容易理解，因为它里面有伦理关系，有象。从那以后，我就觉得中国传统文化是否也可以用几个词汇来概括，而不是像近百年来人们总结的那么多，那么乱。后来我就总结出目前的十六个字，四个词汇：自然之道（道法自然）、中庸之道、礼教之道、君子之道。瞧！余秋雨先生对我启发有多大。

　　但是，当我看到他的《君子之道》时还是有些失望，这个时候，我就知道他的问题在哪里了。他还是没有一种系统的世界观、方法论，他还是就中国已有的现象谈文化，特别是讲儒家文化，对其他文化不大去讲，对宗教文化和《易经》更是不怎么提到。这就有些局限了。他是一位了不起的作家，以此来理解中国传统文化，所以能跳出一般学者的局限，但也因为他思考不够深、不够广，所以也存在着局限。他在书中所列君子的特征几乎都是《论语》中所涉猎的，他能摆脱"原教旨主义"的地方在于，在孔子之后，他用君子的概念来对中国文化进行了一次清理，但也属于用儒家文化进行了一次清理。所以，我对余秋雨先生要说声感谢。我对他的失望在于，我把他幻想成了另一个了不起的人。事实上，他能做到这一点已经很了不起了。有很多人都在批评他，指出他很多的知识性的错误。这也是人们把他想象得太高大了，当然，人们也太苛刻了。每个人都有短处，有阴影部分。他的短处和阴影部分被人放大了。但是，他站在高山之巅，就应当明白，也应当迎接八面来风。

人人皆可为君子

徐兆寿： 从古代典籍上看，君子的确是儒家创立的概念，但并非只有儒生才可为君子，他人就不能。事实上，君子也不是儒家一家在用，后来百家都在用这一概念。比如，有人通过电脑统计过，《墨子》一书中，就有113处用过"君子"这个词。墨子在《修身》一文中还写道："君子之道也，贫则见廉，富则见义，生则见爱，死则见哀，四行者不可虚假，反之身者也。"可见，在墨子看来，有"非攻""兼爱""尚贤""尚同"等精神的人就可被称为君子。所以说，君子是中国先秦时期百家共同在创造的人格理想。后世有人把积极入世的士称为儒家君子，而把逍遥避世、独善其身的士称为道家，硬是要分得清清楚楚，也是着了相了，太妄作了。其实，自董仲舒之后，道家的一部分融入新儒家，另一部分则在民间传播。道家有时候也会仗义入世。哪里还能分得清谁是真正的儒家，谁是真正的道家。再则，中国的文人白天积极入世，晚上则读书修身，可以说是白天儒家，晚上道家，谁能说他是儒士还是道士？儒道墨共融是大势所趋，所以，君子也便带有各家的传统。

所以，我们也可以说，老子是一位君子，墨子更是一位君子，因为在他们身上有后世文人所崇尚的人格理想。

天地生君子

金朝晖： 墨子是一个君子，听起来非常好。

徐兆寿： 兼爱非攻，这是多么高尚的理想。他难道不是君子吗？肯定是君子。我们对君子的理解，不仅可以放到古代去说，也可以放到今天来说，不仅放到中国说，还可以放到外国说。耶稣难道不是君子吗？苏格拉底难道不是君子？柏拉图难道不是君子吗？鲁迅、胡适是不是君子？只要追求美德且有公心的人都是君子。

金朝晖： 这么说的话，释迦牟尼也是一位君子。

徐兆寿： 当然是，为什么不是呢？释迦牟尼既然是圣人，当然是君子。他赤脚乞讨，像大海一样卑微。你说还有比乞丐更卑微的人吗？没有了。自由的人中间乞丐是最卑微的人。他就作为一个最卑微的人，就像大海一样，去乞讨。干什么呢？我们现在的人都无法理解他了，难道他没有吃的吗？他是一个王子，即使做了乞丐，后面也有好几个徒弟跟着，他可以不去乞讨，徒弟们乞讨给他吃就够了，他可以坐享其成，但他还是亲自去乞讨，是什么原因呢？因为他要让人们布施。例如，我向张雍乞讨的时候，我是老师，你是学生。如果我们不认识时，我要向你乞讨，你可能会怜悯我、同情我，你只要拿出东西进行布施的时候，你的道德力量就表现出来了，你就拥有同情心、怜悯心和爱心了。这种布施的精神，就是人要给这个世界给一些东西，把自私慢慢地剃掉。这是其一。佛教还认为，万事都有因缘，只要你无相布施，就有了大的因缘，就积累了大善，就会有大报，能成道成佛。所以，其二是与佛教有了因缘。

金朝晖：不是都拿，要学会给。现在这种精神可少了。

徐兆寿：对，给予别人，就是布施，这是一种不可思议的法门。能够给予他人，尤其是陌生人，就是有了君子品德。但现在我们都不轻易给予别人了。社会管理者会认为，乞丐是这个社会治理不好的表现之一，所以会把行乞者赶走。街上乞丐越来越少。后来有记者进行暗访，发现乞讨也是一门生意，甚至与拐卖妇女儿童有关，倒与佛教毫无关联了。现在人们看见乞丐时，就不会轻易地布施了，因为这已经不叫布施了，但因缘可能存在。

有时候我们也看到一些佛家弟子行乞求施的，但他们往往以给人看相或算命为生，且常常恐吓别人说有灾难，借着给人消灾的方式牟取钱财，这也已经离释迦牟尼的布施很远了。

金朝晖：那我们说说耶稣吧。

徐兆寿：耶稣是伟大的君子。他一心传道，甘愿为世人献出鲜血和生命，为他们洗罪。之前的苏格拉底也一样，他愿意为自己信仰的精神而牺牲。这样的人世上少有，只要有一个，就是世人的榜样。

金朝晖：他们都甘愿牺牲，但中国这样的圣人似乎少了一些。

徐兆寿：看上去是如此。后世其实也有一些，比如嵇康、文天祥、戊戌六君子等，但他们没有耶稣和苏格拉底那样的学问和大道，且影响也不足。为什么老子在乱世时西游而去？他为什么没有像苏格拉底那样直面现实而牺牲自己？为什么孔子不能和鲁国贵族干到底而牺牲自己，却甘愿流浪列国？中国的这两大宗师为什么就不和西方的圣人一样以牺牲的方式来唤醒大众？

这是我们一百多年来的问题。过去我也这样想过，也批判过。后来我就发现，中国和西方的文化不同，塑造出来的圣人和他们的行为方式就不同。

金朝晖：愿闻其详。

徐兆寿：你看，耶稣是传教士，是上帝的信徒。他有宗教信仰，他是听上帝的指示。在基督教看来，每隔一段时间，就会有末世之说，这与佛教的理论有相似之处，而此时，便会有耶稣一样的君子出现。大概这也与司马迁说的五百年出一个圣人一样。司马迁认为，五百年内，圣人的礼义大法由重现到繁盛再到崩坏衰亡，然后一个新的圣人就出现。

苏格拉底也一样，他是对古希腊的神有信仰，他是在听他的神的安排。据说，是新神要让他死。所以，他的学生柏拉图便研究灵魂的问题，是从苏格拉底的死亡开始的。

但在老子和孔子这里，他们没有听到哪个神给他们谕示。

他们在听道的声音。这便是《易经》所显示的大法。《易经》告诉他们，一切都在永远地变化着，没有不变的东西。《易经》告诉他们生门在哪里，怎么摆脱死亡的危险，所以《易经》是生的哲学，他们还能轻易地死去吗？轻易地死去就是不懂大道，不通《易经》，就不能称为圣人。这可能是他们和西方两位圣人不同的地方。西方的两位圣人都觉得有固定不变的东西存在，所以甘于为其献出生命。这是神学体系下的死亡。但中国两位圣人是道学体系下的死亡。他们没有接到谁的指示让他们去像耶稣和苏格拉底那样去做。

他们唯一做的就是占卜，或观察天象与大道，寻找自己的出路。于是，老子选择隐世，孔子选择到别处布道，并寻找出仕的机会。我们再举个例子。就像一棵大树，长到一定程度时就选择弯曲，因为不弯曲就会折断，而选择弯曲之后还可以再往上生长，最后它就真的成为参天大树。这就是中国两位圣人的选择。

当然，孔子和老子死亡的方式，也显示出中国人道法自然的原理。很显然，他们都是老死的，是寿终正寝。虽然老子不知所终，也有人说他飞升了，去了天上的仙界，但也是作为人的方式结束了。不管他是活了 200 岁，还是 160 岁，或 120 岁，都是次要的形式。孔子则在悲伤中死去。他对子贡说："天要塌了，泰山要倒了，圣人快死了，我的主张还是看不到践行。"

孔子死后，他则以另一种方式而永生。首先，他的学生们把他当父亲一样送终、守孝三年，子贡还多守了三年。礼教的传统首先在他的弟子们中实行了。他因为是第一个办私塾的教育家，带出来很多学生，也就是建立了一个学术团队，分散在各国，正是这个以他为榜样的团队后来发扬光大了他的思想。他从五十六岁之后就流浪各国，好几次差点死掉，但是，即使那样，也不改志向。大概正是因为他后来人生的不得志才显示出他巨大的悲剧精神，使他的伟大志向与身前卑微的获得形成了巨大的张力，也可能因为如此，他才被后世逐渐地推崇。如果他生前就获得巨大的物质利益和功名，他的志向就低微了，后世也就不会那样推崇他了。他的学说后来终究被改造后用于世，他的团队得以空前的壮大，而这些都似乎只是弥补他生前巨大的遗憾。

只是后来他的那些学生们，都听从他的教导，把他神化了，所以才走上甘愿牺牲的祭坛。我们在小说和史书中读到一些文人的壮烈牺牲，会觉得这些人真是了不起，但他们的宗师几乎都是孔子和老子。孔子在《春秋》或在《论语》《礼记》《尚书》中赞颂过一些守礼义、守气节的人，他们有些人不随波逐流，不与当时君王为伍，躲起来了，也有饿死的，也有终老的，有些人则直言相谏而被处死，这些人都是为了国家和百姓，不是为了自己，所以这些人就是君子。

唐宋以来的谏官都是儒士，他们往往不惧生死为民请命，往往不惧个人安危而批评时弊，有人上殿时还直接带着棺材，都是时代少有的耿直之人。他们被后世认为是君子。

是的，这些人都是君子，他们都有一个共同的特点，一心为公，全心为民。他们中很多人都为此献出了生命。所以说，不是中国没有这样不惧生死的人。但是，为什么在我们看来，他们的境界还是比不上孔子和老子呢？因为他们对道的理解不高，学问不大。他们最多也就是孔子五十六岁之前的境界，还不懂中庸之道，不通幽明之理。

戊戌六君子应当很伟大吧？他们为这个国家甘愿牺牲生命。在赞美的同时，我们又觉得他们比孔子还是少了一些什么。原因可能在于，戊戌六君子的伟大在于他们向人们树立了榜样，以此激发起民众摆脱旧世界、寻求新世界的豪情。孔子呢？《易经》中有一句话可能用在这里很恰当，"圣人以神道设教，而天下服矣。"孔子所做的事业可能更伟大，更宏阔，是在为万世开太平。

金朝晖：这样理解我就能觉得通了，我还注意到，在你的讲解中，在提到孔子的时候，往往也会提到老子。你刚刚说的那个现象我觉得很有意思，我理解为，中国文人是白天做孔子，晚上做老子。

天地生君子

徐兆寿： 是的，我这样说的时候，其实是想告诉大家，所谓"罢黜百家，独尊儒术"是历史上的一个伪现象，所谓董仲舒之后百家已亡的说法也是一种假象。前面我已经说了，司马迁把这个事情说得更明白，是百家皆有长短，所以取长补短，形成了新儒家。民间则不同，所以知识分子也不可能只读儒家的书，他们是什么都读。这就是我说的白天济世，晚上修身。墨家后来确实是基本上消失了。有人说，后世的武侠甚至黑帮是墨家的传人，精神上是有这个痕迹，但其实它的一些思想是融入了儒家。也就是说，儒家在董仲舒之后是新儒家了，既有壮大，也有瘦身。我们说的"耕读"传统其实是儒家和农家，甚至阴阳家融合的结果，但后世基本上都说是儒家传统。再后来，佛教进入中国，也影响着人们的世界观、伦理道德，一度还与儒家一争高下。比如隋唐时期，就有了灭佛行为。宋明理学是对儒学的更新，也可称为新儒家。佛教呢？并未被排除，而是融合到一起了。所以，明清时期儒释道三教合流了。这是中国传统文化的一个大的特点，即包容性，其实也是儒家一直有的传统。这也就告诉我们，君子可能有很多种面相。白天，在朝堂之上，他们为民请命，一心为公；夜晚，在书房里，他们抄写《金刚经》，研读老庄，通幽明之道，安顿自己的生死。得势时，他们造福一方，为万民着想；失势时，他们幽居一处，修身养命，不怨天，不尤人。这也就是我们熟知的范仲淹的那段话：

> 嗟夫！予尝求古仁人之心，或异二者之为，何哉？
> 不以物喜，不以己悲；居庙堂之高则忧其民；处江湖之远
> 则忧其君。是进亦忧，退亦忧。然则何时而乐耶？其必曰
> "先天下之忧而忧，后天下之乐而乐"乎。噫！微斯人，
> 吾谁与归？

　　但是，因为我们的分别心，我们后世知识分子总是强调儒家与道家的区别，所以总以为儒家全是积极入世，不会修身养性，而道家又都是隐居，只会避世，不理世事纷扰。我们总以为文化能分得很清，其实不然。比如，西方文化已经融入中国一百多年了，我们现在能说出哪部分文化是西方的哪部分是中国的吗？还能把西方的全部扔掉不要吗？显然是不可能的，东西方的文化我们都要，而且已经在我们的生命里了。有些东西是早就进入你的生命里了，而你不自知罢了。

　　这里我要强调的是，君子不只是傻乎乎地积极入世，而忘记了性命的修行。

君子修身

金朝晖：对了，说到这儿，我就想起你老提到的崆峒之行。能给我们说说吗？

徐兆寿：我五十岁时，那年夏天，我特意去了一趟崆峒山。

金朝晖：为什么特意去？

徐兆寿：问道。我称之为崆峒问道。

金朝晖：愿闻其详。

徐兆寿：几个原因。一是我研究孔子，发现他五十岁时开始研究《易经》，他的思想大体可以分为两个大的时期，即五十岁之前和五十岁之后。孔子问过老子道，这是孔子的思想发生碰撞的时期。但是，孔子一生都不怎么提倡长生不老的事情，只说，朝闻道，夕死可矣。那是孔子的时候，对于我们后人就不同了。是需要知道养生的。这个问题我刚刚讲了，后世儒生或者叫知识分子都懂得这一点。王阳明、曾国藩这些人都懂。

二是六艺之首的《周易》后来儒家只继承了义理，数术和象术都丢了，流到了民间，而道家恰恰是继承了这些。你瞧，这不就是你中有我、我中有你吗？这部分东西要从道家这里学习。

三是史书上记载有黄帝问道于崆峒山广成子的传说，主要是问修身之道。我岳父曾经给我讲过他过去到崆峒山的一段经历。我没记清那时是哪个道长在主持，总之，他去山上寻找到道长时，道长正在一个山洞里睡觉。道长那时已经九十多岁了，但身体还很硬朗，能像年轻人一样上山下山。我听了后很佩服，觉得崆峒山上真的藏有大法，所以也想去一睹仙山之真容。

四是我修身悟道中的一些问题在催促我去。我的身体不是很好，小时候病多，后来好了，但自从开始写作后就常常熬夜，又把身体熬出一些病来。先是胃寒，到现在还没好，后是耳朵神经受了些伤，这可能与我在二十岁之前做过扁桃体手术有关，一段时期我发不出声来，之后声音就哑了。我想让自己健康起来，然后继续写作。还有一点，我名字里的"寿"字在常常提醒我要长寿，这可能变成了一种无意识，但如何长寿我不知道，现在五十岁了，也想知道。

十多年前，有人曾给过我一本书，名叫《真气运行法》。他说，你可以练练这个，或者身体会更好。那时，我就是有些胃寒。我也试着练过，大概是不得法，每次练习，都觉得胃不舒服，就放下了。后来有一天，又看到了。那时，我的耳朵神经受了点伤，不能打电话，一打就耳朵疼头疼，得吃镇痛药才行。我又拿起来了这本书，但还是不得法，又放下了。不过，这本书的作者的经历给我留下了很多好奇的地方。

金朝晖：哦？

徐兆寿：这本书的作者叫李少波，他是河北人，小时候多病，家人觉得很难治，但家里人也是有道之人，给他传了一点道术，就把他打发了出来。其实，就是让他出来求生，看他有没有福气了。他的经历跟金庸的武侠小说里的人物有些像。他出来后就一路向西来了，一路上访问过很多人，大概也拜过很多师，最后来到了甘肃。他先是在天水的麦积山和伏羲庙待过一阵子，后来就到了平凉的崆峒山。我猜想，在天水，主要是学习《易经》和佛教的一些禅修方法，到了崆峒山就不一样了。平凉这个地方是道家的发源地之一，不仅有崆峒山上的道术，还有皇甫谧的针灸大法。它们都是修身的道术。再往前走一点，便是庆阳，传说这里是《黄帝内经》诞生的地方。这可不得了。可以说，他是把中国大部分的道术和佛家的修禅方法都集于一身，渐渐悟出了一套自己的方法，就叫"真气运行法"。他是甘肃省的名中医，曾被授予"中华中医药学会成就奖"。他活了102岁，无疾而终。他的事迹一直在鼓励着我。

　　另一个人也是一位名中医，是甘肃省首位国医大师，名叫周信有。他1921年出生于山东烟台，也是从山东来到西北的。2018年3月去世于兰州，活了97岁。他研究的也是《黄帝内经》。我是在2009年认识他的。那年5月，我在主编两套陇上学术文库，有一天，与出版社和作者来回打了一上午电话，那天我本来就有感冒，结果，打完后耳朵特别痛，头也很痛。后来一直持续，就觉得自己病了。到陆军总院和省人民医院去看，都是西医，说没经历过这种现象，这属于当代新的疾病，没办法治。陆军总院的主任医师说我三个月后耳朵就会聋了。我当时很难过，寻求过很多医生，也有中医，还针灸过，都不见效。后来碰到了兰州大学文学院的赵学勇教授，他犹豫地说，要不让他岳父试试。我一打听，才知道他岳父周信有先生是甘肃三大名中医。当时在铁路局附近有诊所。他真的是我见过的奇迹。那时，他已经88岁了。他每天骑着自行车去诊所，除了记不住事情外，其他一切都好。他说他没有什么病，每天早上要练一阵武术，然后就来上班。他告诉我，中医可以去根，可以治好，并让我做两件事，一件是练练武术，如太极一类的，一件是练习书法。他说他晚上或平时有空时会练习书法，主要是静心养气。我后来试着练过太极，因为觉得太难而放弃，书法倒是在2014年开始了，不是要成为书法家，就是静心养气，说得再进一步，就是想练好身体。

张哲玮： 哦，我还记得您让我们抄写经典的事。

徐兆寿： 对，我让你们用钢笔抄写，主要还是体会经典，而我用毛笔抄写，更进一步。的确有效。一旦练起书法来，就什么事都忘了，会上瘾。

金朝晖： 那不很好吗？病治好了吗？

徐兆寿： 没有，主要是没时间，但体会到了巨大的好处。这位名医让我对古人的修身方法明白了一些，当然，也只是皮毛，形式而已。比如，我按他所讲的，在写字时要气沉丹田，写一阵字后先会感到下腹部发热，然后慢慢地全身都发热，甚至全身流汗，就像运动了一场一样。他说这就是练气。

还有两个人对我也有影响。一个是台湾的南怀瑾。有朋友说南怀瑾的学术水平不高，我读过他的一些著作，都是面向大众的，一些说法没有出处，考证不足，有想当然的地方，尤其是在说到西方文化时，我发现他并不了解，会一味地否定西方文化，从而过分地维护中国传统文化。这是我觉得不够的地方，但他的著述正是因为面向大众，所以书生气少，也通俗易懂。我之前对《易经》很是头疼，总是难以理解，后来有一天晚上睡不着，就看他的《〈易经〉杂谈》，突然间一下子通了。大概研究久了，对一些知识也积累得差不多了，经他一点拨就有些豁然开朗了。从那以后，再看他的一些作品就多了尊重。那么多的大学问家读了很多的书，并没有他的通达。再后来，我开始关注他的修行，当然主要是修身方法。他也是道家和佛教共用，与李少波有些像。我觉得他就是一位君子。他不仅讲《论语》，也讲道藏，还讲佛经。现在很多修佛的人以为他只讲佛经呢，其实他是真正的儒释道三教合一的大师。看他的眼神，你就知道何为智慧之眼和善者之眼了。看轻他的人大概都是有些太书生气了。从他身上，我就知道君子修行有两个方面，一是求道，在精神层面与道相通，这是我们过去孔子和历代先贤们讲过的，大家都能知道；二是修身，按道的要求去修炼，这一点很多人并不知道。

还有一个是香港的饶宗颐。他活了101岁。他死后，各种报纸对他的生平和行为都有详细的报道。那年我正好50岁。他死于那年春天，当时整整一年，我都在思考他给予我的启示。他也是一位少有的儒释道三教都通的大师，也是与南怀瑾一样既修道又修身的国学家。我注意到他在60岁以后的生活方式，每天都是早晨五点钟起床，打坐，写书法，读书，研究，然后再睡个"回笼觉"。下午晒太阳，补充阳气，晚上九点再打坐，然后睡觉。他14岁时就学会了一种打坐方式，叫"因是子静坐法"。这种生活方法与修身方法完全是佛家坐禅和道家打坐的方法。大家不要简单地认为，修身简单地为了长寿。佛家和道家的打坐法有一个共同的特点，即在这样一种方法中仍然同时在修道，也就令人抛弃欲念，只剩下单纯的自己和天地。

以上这些人都是我在今生直接或间接遇到的了不起的君子，既追求道济天下，又修身养性，可以说真正达到了两全其美、与道同游的境界。

金朝晖：不管怎么说，我听着感觉与孔子时对君子的总结有不同。

徐兆寿：每个人都有自己的天命，圣人的天命就是在乱世时扶危救困，重新设教，以安天下。这是伟大的君子。但更多的人可能是在其他时期出世，甚至在和平时代生活，比如我们现在就是和平时代，难道不需要君子吗？我觉得现在恰恰是最需要君子的时代。这时候，君子大概不需要非得像耶稣和苏格拉底那样去牺牲生命，而是需要安贫乐道，既追求高尚的道德，把才能贡献给社会，又要修身养性，强壮身体。前者是对社会，是公，后者是对自己，是私，如此做便公私两全。

一百年来，我们中国人经历了从弱者到站起来，不再被欺辱，然后到富起来，现在是要强起来。人们以为强起来就是国家有钱、有军队、有技术，就是没想过要让身体强起来。今天看来，这个恐怕是国家强大的核心要素。中国人现在很忙，疲于奔命，天天加班，身体处于亚健康状态，都想强却没有时间强，另则也没有方法，更谈不上习惯。我们整个民族大都忘了我们中国传统文化中除了儒家文化，这个是解决精神的，我们还有另一个法门，主要在道家，是解决身体问题。有人曾问过我，人为什么要追求长寿啊，只要活得有意义有价值就可以了，我说，那只是我们的第一步，活得长久才是下一步。这是中国文化非常重要的一个特点。

这其实也是中国人道法自然的结果。

金朝晖：那么，崆峒之行告诉你了什么呢？

徐兆寿：让我更进一步理解了道法自然这一基本原理。关于这次崆峒之行，我专门写过文章，这里就不详说了，我只讲两个感受。一是此山真乃我走过的诸山中的仙山，在这里修行定然带着不同的气质，这可能是当时广成子选择这里的原因吧，也可能是很多道家精神和医学产生于这里的原因。二是我看到山上有四个字："道法自然"，第一次看到有那样写"道"字的。它最上边是两点，像两片飘着的云，自由自在，它代表天。下边是走之底，不像其他人写的那样是个车的形象，没有左边的包围，也像飘着的一道风景，这是地。中间是目，像个"了"字，使我一下想起我们甘肃人的方言，把看说成"了"。也就是说整个字就是一个三才思想的体现，上面是天，下面是地，中间是一个目，是眼睛，在看。这是一种内涵非常广阔的意象。我当时就觉得不虚此行了。关于崆峒山的诸种知识，在网上可以看到，无须多说了。

金朝晖：那进一步的理解我们到时候看你文章吧。

徐兆寿：好。

君子重礼

徐兆寿：如果我们摆脱儒家"原教旨主义"，用道法自然的方式来理解君子，的确是别有一种开阔在，但我们毕竟是人，在社会里生活，在家庭里过日子，所以，君子还要放在这些关系中去理解。这其实是一个伦理问题。一句话，就是君子有伦理道德，君子重礼。

金朝晖：首先是什么礼呢？

徐兆寿：自然之礼，天地大礼。

金朝晖：啊……好啊，天和地，多么广阔的空间，天地大礼，但现在似乎讲得少了。

徐兆寿：是啊，现在人不敬天地了。过去人们结婚，首先是拜天地。我们那时候结婚，也要拜天地，但不明白是什么意思，反正就拜了。现在婚礼上，有的人有这个仪式，有的已经没有了，直接是拜公婆和父母，是要红包。接下来就是夫妻对拜，现在也是直接喝交杯酒、亲吻了，缺少了相互间的尊敬。其实就是缺少了礼。

金朝晖：你这么说，还真是大问题。那么，为什么要拜天地呢？不是说"天大地大人亦大"吗？

徐兆寿：这是三才思想。中国人到处都在用三才思想，这是道法自然的原理，是把人当成天地生成的一个自然物来对待，虽与天地可平等，但却不能僭越。天地先于人而存在，是人类的先天父母，是恒久不变的存在，所以首先要拜天地。古时有巫术，天地自然万物都是有神灵的，后来又有天人感应的说法，再后来道教和佛教中天地都是被神在主宰着的，所以古人拜天地是敬天地之神的，这是最大的礼。现代文化否定神的存在，把天地物化，天变成了太空，地变成了矿产资源，人成为最大的存在，天地成为被利用的物质。所以，我们老说什么"见天地见众生见自己"，那都是古语，自己在天地间是渺小的存在，人是不能超越天地的，现在天地还能见吗？

金朝晖：是不是可以理解为没有天地了？

徐兆寿：是的，现在是无法无天。中国的天是最大的法，因为中国人奉行道法自然，人道是师法于天道的，天怎么做，人就怎么做。

金朝晖：听上去令人悲伤。那么天地之礼后，第二大礼是什么？

徐兆寿：天地还代表山川河流等，除此之外，接下来就是祖先。过去拜先人是要到祠堂里拜的，所以婚礼上没有，回去第二天或什么时候要拜的。第三个礼是拜高堂，但失去了敬意，可能是有问题的。这个问题就是孝道会失去。第四个是夫妻对拜。我们老说古人是男女不平等的，但怎么会有举案齐眉等说法呢？其实是我们后来理解错了。夫妻的伦理也是来自天地阴阳，后世都弄僵了。

金朝晖：好，但从你刚才这寥寥数语间，就能听到——不，应当说是看到君子的仪态，这就是君子要守礼。

徐兆寿：是的。君子就是在这些礼的要求下约束自己，成为社会的榜样的。你比如我前面所讲的周公吐哺的故事。按说他可是当时天下最有权势的人了，他是摄政者，可他越是如此，就越是把自己的位置放得很低，以此来礼敬天下的贤士。正是这样的勤勉和道德以及尚礼的态度，才使天下归于一心。

金朝晖：我打断一下，兆寿兄。你刚才说的那句"周公吐哺，天下归心"不是曹操写的吗？那么，我想问一下你，曹操可算是君子？我记得他还杀了孔子的后代孔融。

徐兆寿：曹操是历史上最有争议的人。挺他的人是从功的角度来说的，说他把魏国治理得如何强大，我们现在若打开三国时期的版图，还真是得肯定他是一个有功的人。古人说，圣人有三不朽，一是立德，二是立功，三是立言。他算是立了功，也在历史上属于不朽的人了。还有，他非常渴望人才。"周公吐哺，天下归心"也是他的理想。但《三国演义》否定了他，否定他的原因很简单，他是一个窃国贼。这是从礼的方面否定了他。我觉得两者都有些过了，都走极端了，所以不能让天下人都信服。

说到天下人，曹操有一句话很猛，说"我宁负天下人，而不让天下人负我"。这是《三国演义》中的话，真实的曹操是否说过不得而知。就凭这句话，他就是一个与君子相对立的人。他虽然也渴望贤才，但对贤才们又不放心，一直在怀疑中，甚至觉得自己有大才，而挖苦别的有才者。这是犯了文人自负的毛病。相反，刘备就是另外一个情形。刘备可以说是曹操的反面。刘备恰恰是文才不及诸葛亮，武功不如关张赵，但他有一颗圣人之心。他能像对待家人一样对待百姓，能像对待兄弟一样对待关张赵，能放下身段，三顾茅庐，去请诸葛亮。难道这不是真正的周公吗？

但是，说因为曹操不姓刘而刘备姓刘刘备就应当继承汉统，这一点后世都反对。若是上溯到孟子和文王那里，也是持反对意见。到了夏、商时期，更是如此。能得天下者，需要很多条件，古人所谓机缘便说的是这个意思，但真正能在精神上一统天下者，则属于圣人。所以，《三国演义》演义的其实就是君子与小人的故事。

按说曹操是一位自强不息的强者，不仅在政治上有了不起的作为，在文学上也开一代风气，能与其相争者，历史上也寥寥无几。余秋雨先生就有一篇文章，是赞扬曹操的。但是，他缺少了"地势坤，君子以厚德载物"的道德。也就是说有才是真的，缺德也是真的。这个德还是大德，也是大礼。当然，这并不是说他杀了孔融之事，而是挟天子以令诸侯的事。

这就要把他与周公进行比较了。周公对待成王是一心一意，中途还因为成王的疑心而放弃摄政，后来又回到岗位上一心为公，摄政七年后将政权归于成王。这就是周公。他就像老子赞赏的那样，功成而身退。但是，曹操不同。他是把皇帝当成真正的摆设和棋子，把自己当成了事实上的皇帝。他也没有将政权归于皇帝。这就是与礼不符。他僭越了。当时人和历史上对他的怀疑都变成了真的。所以说，他不是君子。

金朝晖：这是我心中一个多年的困惑，有你今天这番解释我就明白了。

徐兆寿：对，我再举一个例子——西门庆。

金朝晖：噢！我也想知道兆寿兄对他的评价和解读。有一段时间，好像山东某地开发西门庆的形象发展旅游。

徐兆寿：这个也不是不可以，关键是怎么评价的问题。秦桧也是旅游资源。后来也有人为他翻案。这可以说是价值混乱的表现。

我上课的时候，有一个学生讲了一个观点，我刚开始也不知道怎么评价和解释，那是 2006 年前后，社会上崇拜成功人士，那时候还没有白富美等这些说法，满街的成功学，那时，李银河在网上大说特说同性恋、多边恋、虐恋等话题，她的言论都很猛，说多边恋是好的，她提倡同性恋者结婚，她还说虐恋和换妻游戏体现了社会的进步，等等。那时我也写博客，写过文章与她争论。我问她，这些言论的标准在哪里。她说，欧美中产阶级是这样的生活。似乎这就是标准。这是一个社会学上的标准，不是伦理标准。所以，那时候关于这一类话题很多，也很开放，人们不知道哪个是对的，哪个是错的。讨论这些话题也很有意义，它使我们知道什么样的生活才是道德生活，而不是奢侈生活。我们要追求的永远是道德生活，而不是奢侈生活。

金朝晖：那么，这个学生说了个什么问题，令你这样的学者都有些困惑。

徐兆寿：他说，西门庆是极品男人。

金朝晖：（大笑）这个说法极有意思。

徐兆寿：在那个时代，又是他那样的年龄，说这样的话很正常。所以，当时我就有些蒙了，不知道怎样回答他。我是在思考一周后才回答他的，并写成了文章。

他说，他看了《金瓶梅》之后，发现西门庆有好几个特点：一是成功商人。在崇尚成功学的时代，西门庆是榜样。《金瓶梅》如实地写了西门庆是如何发迹，如何贿赂官员的。二是西门庆长得极其帅，还很有趣。这是他与潘金莲一见如故，又与李瓶儿相见恨晚的原因。他懂风情。这些特点恐怕是任何时代都能令女人动心的特征。所以，我的学生得出一个结论，西门庆是极品男人。

天地生君子

我思考了一周，查阅了很多资料，发现郑振铎和鲁迅都对《金瓶梅》非常推崇，说它是"伟大的写实"。中国台湾、香港，以及美国也有很多人在研究这部书，说它是被低估了小说，应当和《红楼梦》《三国演义》并列为经典。但我心里还是不服。后来我慢慢地理清楚了。那时我同时也写了一篇文章《论伟大文学的标准》，发表在《小说评论》上，后来被《新华文摘》全文转载。我对古往今来的文学进行了一次大致的梳理，也对一百年来诺贝尔文学奖获奖作品和名著进行了分析，发现了一些共性，得出伟大文学的七个标准，其中，是否张扬人类的正面价值和理想主义是一个关键的尺度。所以，《金瓶梅》是名著，但不是伟大经典。伟大经典是对人类正面价值维护和颂扬的作品，反之，再有名也不能成为经典，倒可能成为禁书。理清楚这个标准之后，西门庆的问题就很清楚了。他是与君子理想正好走了相反之路。

首先，西门庆是一个无道商人。他的钱都是通过各种不正当的手段得来的。其次他为了得到女人，不惜杀人，甚至还杀朋友以夺其妻。他看见潘金莲时，并没有想到这是别人的妻子，是不能碰的。这是社会伦理的丧失。他让王婆替他周转，与潘金莲相识相交相恋，最后鼓动潘金莲杀了武大郎，还流放了武二郎，以此得到潘金莲。所以说，他和潘金莲的关系是鲜血凝成的。他能心安？李瓶儿是他好友花子虚的老婆，但他喜欢，于是把花子虚带到了妓院，自己却悄悄地到花子虚的府上与李瓶儿幽会。后来，在花子虚下狱之后，他乘机和李瓶儿把花子虚的钱财占为己有，花子虚死后，赶紧收了李瓶儿。

金朝晖： 朋友妻，不可欺。

徐兆寿： 这是伦理的丧失。他和李瓶儿的结合也间接地有人命牵连，且这人是朋友。他能心安？还有一个叫王六儿，是他下属的老婆。西门庆去见王六儿时，王六儿的老公是知道的，且做了各种准备，到跟前就借机走了。这都是他们几个心照不宣的事。

像这样的人，也能叫极品男人？还怎么能跟君子相论？我不明白很多人为什么把它当成伟大作品，因为它的写实手法吗？

金朝晖： 讲到这里，我觉得我们用君子之道在人世间画了一个是非原则。

徐兆寿： 所以，讲到这里，我们要回过头来讲，君子不是说高高在上的大人物，不是像周公这样有政治地位的人，也可以是普通人，甚至事业上非常失败的人。孔子就是个很失败的人，肯定是君子吧？孔子到死都没有被官方再用，56岁以后开始流浪各国，57岁的时候回国了一次，又出去了，以后一直到了69岁的时候才回国，一直在流浪中，很失败的一个人。但是中国人没有辜负他，还是把他送到了圣坛。这是不得了的事情。

我觉得后世给他的荣耀与他现实生活中的失败达到了平衡。

金朝晖：儒家的声音真是我们民族隐形的国歌。

徐兆寿：是。孔子有两个学生，我觉得最应该被称道，他们就是君子。其他的也都走在一个名叫君子的大道上，他们都是在实践着孔子伟大思想的人，都很了不起，像曾子等。但是我最欣赏的两个人，一个是颜回，一个是子贡。颜回是一个小人物，生于陋巷，长于陋巷，一箪食，一瓢饮，什么艰难困苦都不会改其志。他跟着孔子学习，大概是孔子70岁左右时死的。孔子很赞赏他。《史记·孔子世家》中有三次孔子向颜回、子路、子贡问一些问题，每一次孔子都赞赏颜回，说颜回的想法与他最接近，所以称赞颜回是君子。像西门庆这样家财万贯，到处招摇撞骗，霸占别人妻子，甚至都不放过朋友的妻子，这样的人连小人都不是，而是恶人。

有些时代价值观会混乱，混乱以后就会这样。

金朝晖：对了，今天我们讨论了好几个在历史上有争议的人，曹操、西门庆，当然还有潘金莲。有一个人，宋江，也有争议，你怎么看？

徐兆寿：过去我讨论过这个问题，我说，宋江的前半生，也就是没有被招安前，是顺道，是在替天行道，但被招安后，就是顺势，逆道而行。今天讨论君子之道，也可以再讨论一下。

金朝晖: 金圣叹和毛泽东都对他的后半生有看法。

徐兆寿: 大概都有看法。如果司马迁活过来,也会有看法。《史记》作传可以说带有很强的主观色彩,带着强烈的新儒家观念评判古往今来。比如他对两个人极为推崇,把他们放在极高的位置进行供奉,一个是孔子,另一个是项羽。司马迁把孔子收到了"世家",而把项羽收入"本纪"。"世家"是为诸侯立传,而"本纪"是为天子立传,孔子和项羽在现实世界显然没有成为诸侯和天子,司马迁便虚拟了一个位置,借以弘扬他们的精神。从这一点来看,司马迁所代表的新儒家是非常伟大的。反过来,我们也可以此评判宋江这一公案。

无论是道家,还是儒家,他们的精神庙堂里供奉的是有道之圣人,并非皇帝。孟子已经说过,民为重,君为轻。这个思想在周文王时已经有了。我看过一个电视剧,说的是周文王为商纣王卜了一卦,卜的是商朝的天下,卦为天地否。他的解释是天高高在上,地卑微在下,各自归位,天下长久。但他当时正在将八卦推演为六十四卦,所以,他发现一个问题,即天地否的对卦和反卦都是地天泰。也就是说,他看到商朝已到尽头了,这是因为天子和百姓距离越来越远,互相否定,而如果反过来,把百姓当成天,也把百姓当成地,是不是就可以安泰了呢?一个卦的变化,对它的解释可以有很多种,但文王这样的理解也只有圣人才能做到。我的意思是,宋江的时代就是天地否的卦象，所以他替天行道是对的，但是，他被招安后就错了，就是与道相背。虽然他也顺应了历史的大势，但离道则远了。

所以，宋江的前半生是君子，是宋公明，及时雨，是忠义的代表，但是后半生就是小人。如果他也像项羽一样战死，向死而生，他倒是会被大家送到神坛。这就是不以成败论英雄。他后来不是被招安了吗？不是胜利了吗？其实是大败特败了。这就是向生而死，倒过来了。

金朝晖：兆寿兄的意思是有些死亡是必须的，值得的。

徐兆寿：对，像项羽，像耶稣，像苏格拉底，像文天祥，像戊戌六君子等，他们是英雄。

金朝晖：是不是孔子说的求仁得仁？

徐兆寿：是的。庄子的老婆死了，惠施去吊唁，却看见庄子在院里击缶而歌，惠施就不高兴地批评他，说，你老婆死了，应当悲伤才是，为什么这样高兴？庄子说，人一开始是没有形体，只有道，后来借道有了形体，匆匆一生，在道中行走，最后死了，又回到道中去了。这不是令人高兴的事吗？

金朝晖：（拍手大笑。）真是过瘾。这是大道啊，求道者就得这样面对生死。

徐兆寿：是啊，但是，毕竟项羽、文天祥和戊戌六君子这些人死的时候心中充满了悲愤，与庄子的境界是不同的。道有高低，各个所求者也不一样，庄子是求道得道了，所以没有痛苦，但项羽求的是胜利，是天下，他没有得到，只是保存了尊严，并不算是求仁得仁。文天祥求的是宋朝的强大，戊戌六君子求的是新世界，他们都未得到。庄子所求者道，其他人所求者乃天下，乃忠乃义，离道都有很远的距离。但即使如此，他们仍然是君子，因为他们所求者都非自己的私利。他们可被称为英雄，也是别人效法的榜样。

金朝晖： 那么，这样说的时候就会有一个问题出现，不管怎么说，他们献出了自己的生命，是壮烈而死，而庄子的老婆是老死的，似乎价值小了些。这个怎么解释呢？

徐兆寿： 节烈观是后世才提倡出来的。在中国文化中，能与天地齐寿者才是懂大道者，老子说，道亡则德生，大德失去，仁才生，仁失去，忠义节烈观才生。正如中国文化一样，在孔子的时候，节烈观念并没有被特别强调，他是持中庸之道。孟子时主要强调义，董仲舒强调礼，程朱理学则强调忠义道德，节烈观日盛。这是中国文化的末端学说了。孔子说，朝闻道，夕死可矣，说的是什么时候能明白大道，那时候即使死去也不悲伤，就满足了。这求的是天地之道，永恒之道。后世求的多是忠义之道，是对天下的忠义、某种教化的忠义，少了一些广阔的天地之道。说得再明白一些，孔子、老子时对道的理解就是天地、大海，宋明以来对道的理解主要在强调德，就像山脉、溪流，成了枝叶。

金朝晖：你这么说我有些明白了。

徐兆寿：也就是说，我们可能因为时代的需要而过分地强调了某一方面的道德，而忽视了更大更广阔的内容。当然，我们同时要明白，知识的进一步生产使得知识之间也开始有了分别，有了更为明确的规定，结果是越规定得细致，一些东西表现了出来，而另一些东西就失去了。比如，当我们强调道德的时候，人性的丰富的另一面就被压抑住了。

金朝晖：明白了。那么，我想请教最后一个问题，批判儒家的鲁迅是否算是君子？

徐兆寿：当然是。刚才我说了，鲁迅、胡适所批判的是中国传统文化的末端，鲁迅主要批判的就是礼教，其中就包括女人的节烈观。说真的，中国文化发展到清末已经到了人性被道德完全架空的地步，此时的道德已经成了伪道德，成了束缚中国人的教条，也就是走向了极端。如果用孔子的话说，就是太文了，质虚了。用鲁迅的话说，就是阿Q一样的假人，是没有血性的东方病夫。中国人必须要打破它。鲁迅那一代先驱就做了这个事。所以说他们就是伟大的君子。毛泽东对鲁迅的评价是："鲁迅的骨头是最硬的。"而他从学医改为学文主要是为了拯救中国人的灵魂，走的正是圣人之路，只不过，他所处的时代，需要的不再是用儒家来救世，而是借用西学来激活中学。好比一张弓，孔子和老子都是借天地之力拉弓的人，后世很多人，是借了文化的力，所以力道小了些，境界也低了些，看上去也悲壮了一些，到了清末时，已是强弩之末了。鲁迅是重新拉弓的人，借的是西洋人的力，但一心也是要为万世而开太平。这岂不是又回到了君子的天地之道和初心了？

金朝晖：你这么一说，我是否也可以评价几个人？孙中山，毛泽东，周恩来，他们也是君子，也是要重新拉弓的人。

徐兆寿：当然是。中山先生和鲁迅基本上一类人，想借西洋文化的力，但事业未竟身先死，有大遗憾。周恩来先生，执周公之礼，有中庸之道，乃谦谦君子。毛泽东是有天地大道的人，他总是借苍茫大地和万古宇宙之力来拉一张弓。他们的确都是为万世而开太平的人。至于他们的过失，也是君子之过，各有各的不足。

金朝晖：好，寥寥几人，但也可以勾勒出中国历史中的君子谱系和君子形象来，可以说，中国是代代有君子。

君子中庸

徐兆寿：刚刚讲到了鲁迅。他有一个战友叫胡适，其实后来他们也是道不同不相与谋，分道扬镳了。

金朝晖：噢！我正想请教如何评价胡适之先生呢。

徐兆寿：现在我们来说说胡适。有人说胡适是中国最后一个君子，世间流传着一篇文章，题目是《世间如果有君子，名字一定叫胡适》，文章列举了几个人的言论，如钱锺书说胡适："统言之，胡适之品格绝高于鲁迅、蔡元培等。"如陈丹青说胡适："完全是学者相，完全是君子相。"唐德刚说胡适："谦谦君子，温润如玉。"文章说胡适言而有信，行而有义；和而不同，周而不比；有恕道，无恶声；不降志、不辱身等等。胡适也说，我现在提出一种"三不负"主义，即"不负天，不负人，不负己"。这确是君子之德。但也有人骂他，说他人品低下，既伤害家人又祸害朋友，还丧失民族气节，贬低、诋毁中华文化，宣扬、贩卖西方文化等，就连蒋介石也骂过胡适，说他"其人格等于野犬之狂吠"。

这真是一个令人费解的公案。胡适自己说过，他不是一个追求道德的人，所以他极力批判那些提倡道德的人。从这一点上看，也许他离君子还有很大的距离。但是，胡适也有两端。

金朝晖：我听明白了。你的意思是，世人评价胡适，包括很多人，都是囫囵吞枣，一锅烩了。所以都走了极端。

徐兆寿：是这个意思。即使是孔子，也分为五十之前和五十之后，甚至可以分为更多的时候，比如三十、四十、六十、七十，他都有不同的解释，说明人在悟道的时候是有分别的。你们大家看过罗曼·罗兰的《约翰·克利斯朵夫》吗？这是西方的现代人求道的经历，与中国人应当是一样的。约翰·克利斯朵夫所处的时代，正好也是西方知识界混乱的时候，是人们对宗教产生怀疑和否定的时候，所以，年轻时的约翰·克利斯朵夫是从信仰上帝变成了否定上帝的艺术家、思想家，他经历了各种各样的苦难，最后，他还是回到了上帝的身旁，重新信仰了，变成了圣约翰·克利斯朵夫。这也是西方君子在近代求道的过程。

胡适也有点类似。年轻的时候，他与鲁迅等一起提倡新文化，砸碎旧世界，说过过头的话，批判过孔子，但后来他又开始整理国故，重新去理解中国传统文化。当然，他的血液里始终流淌着两种血液，一种是中华民族古老文化的，一种是西洋文化的。两种文化总在他的身体里打架，他也忽而东，忽而西，看上去沉浮不定，犹豫不决，但这也产生了一种方法，中庸之道。

金朝晖：兆寿兄的意思是胡适是持中庸之道？

天地生君子

徐兆寿：他是在两端不断平衡的人，他还不能确定什么是对的，什么是错的。他在犹豫，在重新判断。这使他有了一些君子之过。这在那个文化更新的时代是可以理解的。由此，我们来说说君子的方法论，中庸之道。为什么说君子要文质彬彬，不能文太盛，就像北宋以来的中国，文渐渐地盛起来，精神就弱了，天地就小了，所以强调道德的人多，再论大道的人少了，天性中的自然力量就弱了。但质也不能太强，质盛，没有自我约束的道德和理性，肯定不是君子。两者达到中庸境界，就是文质彬彬。对于一个君子是这样，对于一个国家和整个人类也一样。

金朝晖：你的意思是文化的力量和人的自然天性的力量要达到平衡？

徐兆寿：对。唐三藏在《大唐西域记》中对中国和其他西方国家进行了对比。那时的西方指的是中亚各国。他说，东土是有人文礼教的国家，人的自我约束能力很强，文明程度很高，但缺失一种东西，就是生死之教，人不知死后去哪里，这是他到西方取经的主要原因。而西方呢，是象主国，人们的质野、杀戮之事稀松平常，人的自我约束能力不足，"文"弱，但因此也产生了一种宗教，即能解脱杀戮的生死之教，教人行善，不去作恶。他到西方求法十七年之后，也成为西方人尊敬的大师，西方人就求他留下来，说你就别再回去了，你们那里的人没有智慧。唐三藏说，不是你们想象的那样。中土人的智慧藏在经典里，藏在《易经》八卦、阴阳五行和天干地支中，中土人用它也能知生死，中土和印度是各有所长，各有所短。于是他就回到了中土。当然，后来的这些不是《大唐西域记》里记载的，是别的文章中说的，但这些意思在《大唐西域记》的序言里已经表明了。

金朝晖：说得太好了。那唐三藏定然是君子了？

徐兆寿：当然是，他是真正的伟大的君子。他对中国和印度的文化的见解其实就是持中庸之道，非常客观。所以，能持中庸之道的人是很了不起的。

金朝晖：也就是他不排外。

徐兆寿：那当然。因为他有一种非常强大的品行，也可以说是一种能力，就是节制。持中庸之道者，都不会把话说得过了头，总是留有余地，所以不伤人，也便不伤己。这就有了谦虚的品质。到哪里去，他都首先把自己摆在最低的地方，这样既不受伤害，也能虚心地接受别的意见。这就是君子。

金朝晖：君子不走极端。

徐兆寿：对。他对一件事情的处理，是不会轻易地说谁对谁错，总是会左右衡量，上下对准，最后是周全一切。所以说是系统论思想，有整体性观念。

金朝晖： 你这番话让我想到你的《鸠摩罗什》，里面的罗什与唐三藏一样，走的是中庸之路。

徐兆寿： 他本来觉得自己已经是西域的精神领袖了，到东土来就是传教，但是，他看到东土的文人时便觉得一切都不是他所想象的那样。他被吕光截在凉州十七年，学习了汉语，精通了中国文化，这使他愈发觉得东土汉学博大精深，所以便有了与儒道平等相待的思想，这才使他有了立足之地，他也被封为中国历史上第一位异域国师，佛教也成为当时后秦的国教。

金朝晖： 我是否还可以这样说，因为《鸠摩罗什》是兆寿兄创作出来的，这番平等思想是否也是你的思想？

徐兆寿： （犹豫了一阵。）也可以这样理解，但鸠摩罗什是历史人物，不是我创造的。我是按我的理解把他复活而已。我在想，历史上有两次西方文化的输入，一次是自汉至唐时的佛教的输入，是为中国人输入生死之教；另一次便是近现代西方文化的输入，为中国主要输入民主、科学。这都是为弥补中国文化的不足而需要的。

金朝晖： 我插句话。作为君子，就应当承认自己的文化永远不足。是否可以这样理解？

徐兆寿： （顿了一下。）是的。因为君子道法自然，就要像大海一样接受所有的河流，既然西方的河流进入了中国，它也是河流，不能视若无睹，这时候，也要像大海一样去接受它，吸收它，就像唐三藏一样。当然，刚开始也有波动，佛教人士把自己看得太高，《广弘明集》的序言是一位高僧写的，里面就无限地抬高佛教而贬低儒家和道教，这就使得儒家和道家起而反抗，所以唐代就有了儒家知识分子韩愈的兴儒运动，也叫古文运动，甚至有了朝廷的灭佛行动，也就有了从隋朝开始的佛道之争。我想让鸠摩罗什重新处理一下这个历史的大公案，方法就是中庸之道。

同理，我们当下处理中国文化与马克思主义文化、西方文化，也要持中庸之道。关于这一点，我们在中庸之道那一章讲了，就不多讲了。

金朝晖：总之，君子的方法论就是中庸之道，这样理解合适吗？

徐兆寿：正是此理。

金朝晖：兆寿兄，今天我们几个听你讲君子之道，整整一个下午，听你娓娓道来，不紧不慢，不冲动，不极端，没有傲慢，只有谦虚，但也有浩荡之风吹过，茫茫史书经兄一朝廓清，可以说是山河明朗，风和日丽。谢谢兄！

徐兆寿：谢谢朝晖兄，谬赞了。是兄之谦虚和各位同学的应和，才使我们看到中国文化的天地境界，也使我们像大海一样展开自己。我在讲述中也再次为中国文化深广博大、巍峨雄姿、浪漫壮丽的文化景象而感动。我们都要感谢中国文化，我们每一个人都是它的一滴水。

讲解于 2020 年 1 月 15 日

修改完稿于 2020 年 2 月 1 日

重究天人之道

　　重究天人之道，这样的一个题目是非常大的。重究天人之道，再通古今之变，但我后边这句话没写，因为这个题目不是一般人能做的。我们知道从司马迁开始，究天人之际，通古今之变，成就一家之言，之后几乎没有人再通这个事情。如果说《资治通鉴》的作者司马光，还有南宋理学家朱熹有过这样的经历的话，后世可能就王阳明有过这样的追求，那么梁启超和康有为是否通了呢？当然没有。南怀瑾先生说，朱熹没有通，因为朱熹对《易经》并不通晓，只知道一些字面意思而已。从这个意义上来讲，司马迁也没有完全通，也跟孔子一样，在很多方面不能完全把古人的天道说清楚。所以这个题目其实只是个开始，我今天讲这个题目确实有点狂妄自大，但是我想给大家汇报一下，我这么多年在西部那片广阔又寂寞的天空对这个命题的所思所想。

缘　起

我记得前几年请苏童、余华等许多老师到兰州去做报告时，我跟他们讲："欢迎你们来到中国地理版图的中心。"苏童老师说："怎么可能，这是边地。"一次过年时，我给敬泽老师发了个短信，祝他春节愉快，他说："你在干吗？"我说："我在喝酒。"他说："边地生活就是好。"我当时就在想，到了今天，人们仍然把西部当作边地，尤其是敬泽老师这样走遍中国和世界的人也这样认为，这说明几千年的历史形成了一种文化心理，兰州确实是边疆。关于这一点，我在 2010 年到上海求学的那几年中，感触非常深。当时有一个从广东来的博士，他问了我一个问题，让我非常吃惊。我到复旦读博士的时候，已经 42 岁了，所以去了以后有些不适应，但我努力地把自己当成一个 28 岁的青年，努力融入那一群博士中。有一次上课时，老师让我讲讲西部和我的创作情况，于是我害羞地在一群各种学科背景的博士们面前讲了我对西部的认识。我热爱西部，所以西部在我的嘴里出来，大概是很美好的。讲完以后有一个特别年轻的博士对我特别感兴趣，我不知道他学的是什么专业，看样子是理工科。我们一块去食堂吃饭，他说："徐老师，我问你一个问题，你们兰州有电吗？"

那一刹那，我怔住了。那时我还在旅游学院教书，我们学院的老师大概都遇到过这样的问题，一般都是在东南沿海一带的人问的。但是，我不能相信一个博士会问这个问题。我吃惊地问他："为什么这样问？"他说："我没去过西部，我们家的人也没有，你把西部说得那么好，我就是好奇。在我的印象里，西部都是沙漠、戈壁。"我明白了，便也释然了，说："没有电。"他更为惊讶，但也如我所料地继续说："那你们怎么上班呢？"我说："骑着骆驼，骑着马，弹着冬不拉。"他就信了。后面的谈话大概大家都能猜到，我就不说了。我当天写了一篇博文，当时就被新浪头条推送了，底下有 500 多条留言，很多人都经历过这种事情，说明整个中国太广阔了，很多地方人们并没有去过，如此我就开始进一步反思为什么会如此。

讲这些是想从西部切入，来重新思考中国和世界的问题。

我在 2000 年左右看过一本书，是王德威先生编写的《当代小说 20 家》，当时我就写了一篇文章，但是没发，可是复旦的郜元宝先生发了一篇文章，说在这本书里只有莫言老师一个北方作家，其他的全是南方作家，还有东南亚的，这是不是中国文学？当时我就在想，是啊，这是怎么回事呢？后来他在前两年又出了一套书，叫《现代中国新文学史》，我发现他是以哈佛大学为中心，构建了一个全球系统的华语文学体系。这使我非常吃惊，在王德威先生的视野中，中心已经不在大陆，可是我们中国文学的中心一定在大陆。我就在想，这是为什么？

在他的文学视野里，北京非常边缘，上海也有点遥远，它是以美国为中心，甚至可以说是以哈佛为中心。所以他与我们中国大陆上文学史家是不一样的，他基本上编的是一本全球华文文学史了，当然是现当代史。大家有空可以去看看他那本文学史的体系，非常有意思。于是我就进一步想，为什么会出现这样的边缘与中心？这似乎就是近500年来以欧洲为中心的世界史，中国是边缘。但要讲中国文学也能这样讲吗？我还没做详细的研究。不过，我深知在他的视野里，一定是这样一种地理格局。他与长期在北京从事中国文学的史家定然不同。

2011年，冬天，杭州。在张炜先生的研讨会上，大家讨论一个话题叫"中国文学如何走向世界"。当时我就提出了一个问题，我说难道中国不在世界吗？为什么问这个问题，因为我身处西部，当我到上海来的时候，我发现西部只有几个作家在大家的视野里，其他人都不在。我后来明白，这是一个地域的限制。每个人都是有限的，而边缘对中心的影响更是有限的。改革开放以来形成了一个走向世界的格局，即从边缘的西部到中部，再到东南沿海，再走向欧美。西部在这四十年来彻底地被边缘化了。但它是真实的世界格局吗？显然不是。所以四十年来你会看到这种文学史在不断地重写，尤其当代文学史，其实它是一个不断发现的过程，于是我就慢慢地开始有了这样一种想法：既然历史在不断地转变，地理关系也在不断地转变，那么，中心与边缘的问题也会不断地转变。于是我在 2012 年回到兰州，开始做丝绸之路文化传播研究。

其实我早在 2004 年的时候就开始做丝绸之路旅游文化研究，从文学开始转向文化，当时主要带两门课，一门是中国文化史，一门是西方文化史，本来是世界文化史，结果后来上成了西方文化史。中国文化史从 2005 年开始讲授到现在已经有十六年了，在这十六年的时间里，每当我在讲中国文化时，一定会对比世界文化史，当我讲世界文化史也一定会拿中国文化史去做一个同等时刻的比较。当然，也自然会把西部的丝绸之路历史联系起来看。这就会发现很多问题，我们百年以来的很多命题几乎都是假命题，如中国古代有没有科学，如对中国文化的很多判断，包括对孔子的认识。

为什么说是对孔子的认识？我有一次在一场当代文学比较大的年会上，我谈了一个问题，我说我们应该重新去考虑中国现代文学对古代文学的这样一种批判。比如拿孔子来讲，鲁迅在写老子的这篇文章开篇就讲，孔子一直在研究六艺六经，但司马迁在其著作《史记·孔子世家》里说得非常清楚，孔子在 42 岁之前只编了《诗》《书》《礼》《乐》四本书，五十六岁以后开始写《春秋》，到晚年编《周易》，且在晚年重新把《诗》《书》《礼》《乐》进行了一番整理，给《诗经》配上音乐，这是司马迁的《史记》里讲的，很清楚，这就说明鲁迅对孔子的研究不是很深入。孔子的六经之首《易经》鲁迅恐怕没有研究过，胡适倒是研究过。我估计大家在批孔子时，有人对他们讲过"你们懂不懂《易经》啊"，于是，胡适就写了一篇批判《易经》的书，今天读之，简直胡扯得太离谱了。这都说明那个时代对孔子和中国传统的批判并非经过深入研究，而是出于拯救国家的目的而对传统的批判，都是急就章，不能细究的。不过有一个问题随之而来。因为人们总是说鲁迅、胡适那一代人是中西贯通的，我过去是深信的，现在研究了中国传统文化后就大为怀疑了。他们懂的那些也只是皮毛，或者说他们理解的是大意而已，并未涉及内里。他们对西方的接引也是大意，也并非真正的精深的西方。这是可想而知也可以理解的，但如果我们过分地吹捧他们，则会导致人们细究，那对他们并不有利。说这些是想告诉各种学现当代中国文学甚至学习中国古典文学、古代历史的博士们，其实，你们今天接受的中国传统文化的诸多特征都是那时定性的，到现在并未改变多少。所以要复兴传统，恐怕还得从他们那时开始。这也是因果啊。要批判传统，往往是以孔子为门，而要扶起传统，则可能是以鲁迅、胡适为门。这是我们今天理解中国文化的一个基本的基础。

东方和西方

我从时间谈起。今天是辛丑年戊戌月乙未日（2021 年 10 月 14 日），此时此刻是未时，大家可能觉得这样一种对时间的描述非常陌生，但这就是我们 100 多年前使用的时间，可 100 多年后我们会发现很陌生。这个时间已经被我们抛弃了，那么这个时间代表的是什么呢？代表的就是天人、天地关系，辛代表的是天，丑代表的是地，天干为辛，地支为丑，这就叫辛丑。如果按照古人来说，今年天干为辛，地支为丑，辛是金，丑是土，土生金，今年就是天地和，所以今年总体来讲还不错。这就是一个从时间观念来判断现实与历史的方法论。这就进入了中国文化。这是科学吧？大家可能会蒙，这似乎与你们理解的物质客观的科学有不同，因为在西方文化中没有这样的概念。这就是冲突。

我们会发现我们所有的文化都已经被稀释，或者说格式化成西方文化的东西。我为什么研究这个问题。我写了一段话，有关中国和世界的几个问题：

第一个是现当代文学的发展问题。现当代文学发展到今天，我们会发现几乎都是从西方借来的，这些年来我们对中国古典的认识多了一点，过去我们几乎都是学习西方。我是从 20 世纪 80 年代开始写小说的，那个时候虽然我们手里拿的是中国文学的课本，但是我们从来不探讨中国文学的东西，都是去学习西方的东西。所以在现当代文学方面，我们是古今隔绝的。我参加过好多次小型的、高端的文学研讨会，大家几乎都是谈西方文艺理论，如果我从传统的角度提出一些方法，会立刻遭到很多人对我的批判，他们说："古代文学、古代文艺思想今天还能用吗？我们这百年来用的都是西方的东西，你跟我说说有哪些东西可以用？"因为都是前辈，我说我私下跟您商量。我在想，当他们这样说时，是否真的能读懂《文心雕龙》中的《原道》篇，他们真的懂上古留下来的世界观与方法论吗？《原道》是从《易经》出发的，不研究《易经》，怎么能理解《原道》呢？为什么《诗经》是那样？为什么很多中国的文学是那样一种结构？都与《易经》中讲的天地人三才思想和天人合一的观念是一致的。不讲这些，中国文化从半路上讲起，能讲得通吗？无怪乎他们说中国文艺理论没什么营养了。但他们的批评恰好成为我的开始。这些年，我一直在思考如何回答老师们提出的问题。我想，他们完成了他们一代人的任务，我们也要完成我们这代人的任务。

第二个是中国文化的问题。大家都知道传统文化是断流的、是崩散的。孔子之时，天子失官，学在四夷。这百年来的情况何尝不是如此。中国传统文化并未真正消失，而是在民间保存着。看了王光东先生的一本书：《民间——作为中国现当代文学研究的视野与方法》，是探讨民间的。民间这个概念是我的老师陈思和先生 20 世纪八九十年代提出的一个概念，就是说在我们的主流趋势之下一直有一个民间的趋势，这个概念在不断地被阐发。我说的民间是关于中国传统文化的。中国文化到今天其实面临迷茫之后如何重构的问题。可能现当代的同学也在想，文献学的博士们，我相信也一直在做这个题目，但是怎么做？可能大家都没有好的想法，至少在我周围做古代文学的人都没有很多好的想法。比如说提起孔子，做古代文学的人，居然对孔子嗤之以鼻，我当时就感觉很好笑，我说，"你都做这个东西了，你如果一直对他嗤之以鼻的话，你到底怎么去做？"我也是极其热爱鲁迅，但是我不能停留在中国现当代文学这个层面，我要打通古今，就不能从外国来打通中国的古今，那只是外来的一支，我们内在的部分如何打通，不就是从孔子到鲁迅，再从鲁迅到孔子吗？这本身就包含在鲁迅文学的自身中，是内在冲突。所以我说我们不能因为热爱就把鲁迅的所有的优点放大，以为他是不可批判的。可是，关于这一点，我在未研究中国传统文化之前就已经意识到了，因为在我读到他的后期的文章时就会感到他无路可走了，就会有巨大的迷茫。这是鲁迅没有做到的。我曾经写过一段话，我说，我的写作就是走鲁迅没有走完的道路，寻找鲁迅没有寻找到的未来。

这话可能有些自大了，但每一个写作者，哪个不自大呢？

哪个不是天地间孤独的一个人？我们如果不是冲着前面那个最大的目标，我们就一定是盯着另一些小的目标。我的写作始终是在寻找中国文化的道路，我觉得在根本上我与鲁迅是一致的，只是我对传统的理解与他不一样了，所经历的时代也不一样了，所面对的时代精神也不一样了。如果我活在他那个时代，必将与他在一起，也是那个孤独的刺客。现在，我似乎偶尔会投枪投向他了。这是出乎意料的，是二十岁左右学习鲁迅时没有想到的。我曾经想我的枪一定仍然是投向孔子，可是，四十多岁以后发生了位移。

好，回归正题。在我们把民国放大的时候，在我们把鲁迅放大的时候，他的问题也被放大了。他的迷茫谁来解决？难道令我们中国人一直处于那样的彷徨与无助吗？那不是他的愿望。他的本意不是把他高高地树立于世间，成为那个假的雕塑。每一个人都要认识到，当你被抬高到顶端时，也就是你要被无限放大和批判的时候。孔子写完《春秋》后就说，后世赞扬他的人是因为《春秋》，批判他的人也会是因为《春秋》。难道鲁迅不是这样的吗？从文化的角度来讲，孔子是很大的，他并不是文学能包含的，他是整个中国的文化要包含的。鲁迅相对就小了。但事实上，鲁迅并不能被文学所囚禁。他之所以写杂文，就是拿文学当工具，在内心里并不把文学当成唯一追求的目标。他是为中国人的制度、伦理、精神而斗争，是广大的。他批判中国的传统，是因为他看到还有更好的东西可以供我们来用，那就是西方文化。他是拿来主义。他在批判中国传统文化时并没有说直接把中国文化改造成为西方的文化。他与胡适不一样。这可能都与时代的主题、他们的年龄等各方面有关。不能一言以蔽之。

今天我们面临的仍然是如何面向未来的问题，仍然存在如何学习西方文化的问题。但我们的视角显然有了变化。我们仿佛转了个身，思考我们如何来处理引进的这些西方文化。一百年来，我们搬来的西方文化太多了，都在我们的库房里，我们怎么用？你们看，这100年来，我们读大学时接受的很多教材，几乎都是西方文化的，文学表面上好一点，其实骨子里仍然是西方文化的。被格式化了一次。历史呢？表面上讲的都是我们的历史，好像没有西化，其实呢，太西化了。我们用的历史方法论和文明标准论都是西方人给的。我给大家推荐一本书，是英国牛津大学一位叫彼得·弗兰科潘的历史学教授写的，名为《丝绸之路——一部全新的世界史》，大家看看他的序言就会明白，这五百年来，尤其是一百年来，整个世界都被欧美中心主义的历史观驯服了，历史教育趋于一致。为什么？大家学的一样，都是关于欧洲人的历史。亚洲的历史被边缘化了，被抛弃了。可这位历史学家从小接受的历史不是这样，他看到的是关于自己国家和民族的历史，他所在的故乡曾经也是世界的中心，可是，后来都不是了，甚至在世界史上不值一提。当我看到那篇序言时，我产生了强烈的共鸣。我们不也一样吗？总之，历史学也一样。考古学就更不用说了，方法论都是西方的。我们中国人的方法论几乎被弃之不用。我现在从事的另外两个学科，新闻学和戏剧影视学，几乎都是西方的教材。那么中国文化到底在哪里？它是不是也应该占有一席之地呢？可能大家会想这个问题，但是做的时候都无力去做。

西方也存在问题，整个西方的神学体系与科学体系在过去的20世纪一直在发生冲突，这个大家都很清楚，其实在达尔文之前就已经开始。我记得在国庆期间，我和几个老师聚会闲聊，北大的陈晓明老师在研究海德格尔，有一篇五万字的大文章写完了，非常了得，他这篇文章就是研究海德格尔关于大地和人的关系的探讨。清华的格非老师则与我谈起了天人关系，因为我说我正在研究司马迁的天人之际这个问题。刹那间，我们发现我们研究的问题都是一致的，只是路径不同而已。其实海德格尔关于大地与人的关系，就是人在这个世界上生活的尺规到底在哪里的问题。这个问题在上古时代的中国是有回答的，即天地人三才之道。西方哲学在黑格尔之后，形而上的哲学体系崩溃了，以后所有的人都在反黑格尔，都在反自己的老师。大家都知道，马克思反黑格尔，海德格尔反黑格尔，克尔凯郭尔反黑格尔，尼采、萨特也是同样。所有的西方哲学家都是反其道而行之，这就是西方哲学的原道崩散之后，人们开始重新去探讨，这时候重新探讨就不再面向宗教，一方面面向古希腊，另外一方面面向人文科学。面向人文科学的时候，尼采就无限地赞扬科学与艺术，马克思赞扬感性与唯物论思想，克尔凯郭尔从浓厚的历史主义身上来解放个人，萨特则思考存在与虚无。这都是他们做的。这个时候我们会发现，西方哲学其实早已经崩溃了，跟我们一样，他们到今天依然要重新回答一个问题，就是人如何确立自身的问题。

举个非常简单的例子，当我们每一个人要确立自身时，你一定是在一个关系中，不可能由自己来产生自己的价值。当你要找这个关系的时候，社会关系可以作为人存在的理由吗？能，也不能。"能"是西方哲学和社会学所倡导的，把人的存在放置在人类自身的空间里思考。"不能"是中国文化反对的，因为人的一切价值不仅仅是人与人的社会所决定的，还有天地和万物，有时间和空间。人与万物构成关系，人与天构成关系，人与大地构成关系，人与人构成关系，人与自身也构成关系，最后会发现依然回到了中国人的天、地、人三才关系上来。当西方哲学经历存在主义、现象学、后现代主义、感觉主义等一系列之后，你会发现它们依然是分崩离析的，最后必须回到人与天的关系上、在人与天的关系上来构建，但天在哪里？海德格尔思考了大地，也思考了时间，但这个天，他没有找到系统的方法。他思考的天太抽象，不是科学。中国人的天是科学，当然也不能简单说是科学，因为在科学之上还有一些东西，我们可称之为意识、道德等。中国人说一个事物的时候，他不仅仅指那个事物的物理的东西，还包括在那个事物之上建立的意义或其他的很多附着的东西。比如说人，就不仅仅是肉体，还有看到这具体肉体时想到的感知到的其他东西。我认为这才是科学。科学也有理解的问题，一个科学家是这样理解的，另一个科学家是那样理解的，他们只是在最低的最基础的层面上认可大家都能靠感官来感知到的那个物质层面的内容，其他的东西则是个体的。既然说到科学，那么在科学来看，我们探讨的"天"这个概念在最低的最基础的层面上就是天文学上探讨的星空。这就不得不说说霍金。中国人对这个人充满了兴趣。为什么中国人会对物理学家霍金如此的迷恋？因为霍金曾从事宇宙和时间的思考，在回答着我们每一个关于时间、死亡、灵魂、宇宙的问题。其实在这个层面，中西方是一致的。也就是说有一些基本的东西是一致的，这被认为是科学。其实，在我看来，这是科学的一部分。

我们为什么会在这个世纪如此地重视科学这个词和它代表的思维与方法？因为整个人类不知道怎么走了，天不见了，地也不见了，人也就迷茫了，失去了方向。科学可以帮助我们找到这一切。你们看，仍然是天人关系的寻找。科学试图找到那个不变的天，是不是？因为天代表了一个稳定的世界观。我们古人有一句话叫"天不变，道亦不变"。我们所指的天是什么？当然是头顶的天空。中国古人对星象学非常重视，这种方法一直持续到"五四"之前。所以我们中国人一直在仰望星空，是西方的科学把我们的"天"弄死了，把我们摁到实验室里了。我们试图在实验室里寻找和构建天，这可能吗？当然不能完全否定，但这不能成为唯一的方法。我们中国人始终是道法自然，人是要在广阔的天地间悟道，要到日常中悟道，而非实验室。这也是方法之一。所以我说，当我们学习西方的时候，是不是更应当回头学习我们自己的传统？

第三个是轴心时代的文明观问题。轴心时期所确立的一系列的文明，包括古希腊的哲学三圣、中国的孔老、印度的释迦牟尼等等，这些轴心时期的圣人创立的文化到今天我们依然在用，可是它也崩溃了，考古学、人类学、历史学家，包括我们文学家不得不去回答一个问题，就是轴心时期的文明是突然出现的吗？还是继承了某种文明，这个问题我没有看见太多的人去回答。大家都知道存在主义哲学是雅斯贝尔斯提出的，他写了一本书叫《大哲学家》，这本书里提出了很多命题。第一个是轴心时代，是在公元前 800 年到公元前 200 年之间。在这600 年的时期内，人类生活在互不相关的地区，突然之间出现了伟大的思想，这些思想到今天依然在影响世界，并且今天在他们的思想基础之上，我们依然不断地阐发人类的价值，这就是轴心时代。第二个是世界公民，世界公民就是知识分子，孔子、老子、苏格拉底等这样一些人都是世界公民，但是他也没有回答轴心时代是如何产生的，作为一个哲学家怎么能不回答这个问题呢？那么我们今天习焉不察的习惯是谁创造的？在我看来，他已经很了不起了，他完成了他的任务，而接下来就是我们这代人要做的事了。

何为中国？什么是华夏？

于是我们不得不重新拨开历史的尘埃，去探测人类文明道德初现时的那一刻，去看看那些古老的人们是怎样认识世界？怎样命名世界？怎样命名人类自身与万物的？为什么命名为人？为什么为中国？大千世界为什么是这样命名，而不是那样命名？包括我们今天各位的名字，为什么是这样去命名，而不是那样去命名。

近四十年来我们有很多人太相信，甚至崇拜西方文化，总觉得我说的这些问题是中国的，不是西方的，不认可我讲的内容。那么，我们再来看看古老的世界历史，它是一个什么样的历史？古埃及被罗马占领，埃及的文明消失了，古巴比伦被迦勒底人占领，后来又经过了 300 年的希腊化运动，直至它的文明全部消失。古印度被雅利安人占领，有了《吠陀经》，后来佛教兴起，再后来佛教式微，印度教又兴起，再后来伊斯兰教席卷印度，到后来在近现代时期被英国占领，成为殖民地，它是在不断地被稀释，不断地在变化，最后印度的文化也没有了。只有中国，满天星斗的中国，虽然有佛教传入，但它是融入，西方文化这百年以来也是融入，我们会发现，今天世界上所有的文化都在涌向中国，可是当你到其他地方的时候，你会发现其他地方各有自己的文化保守，我们常说中国保守，其实不保守，这四十年来的中国文化异常开放。还有爱琴海文明，是古希腊的文化，爱琴海地区也被亚历山大占领。后来犹太教、基督教进入，我们会发现它的哲学和科学是并举的，非常发达。可是到了罗马时期，它就和基督教合流了，科学也慢慢式微。科学是到近代才又发达起来的。长期以来，西方的哲学和科学被用来证明上帝的思想是正确的。我们感兴趣的玛雅文明，在16世纪时不断地被西方文明侵入，现在基本已经消亡了。我们不认识玛雅文字，但是我们从翻译的文献来看，它的历法非常精准。它曾预测人类的消失，但是我们没有消失。他讲的是他们那个地方会消失。北美的土著文明，在英国进入之后，慢慢地消失了。西方文明是我们今天人类的巨型实验室，我个人推测，未来如果人类有非常重要的文明产生，一定是在中国、美国和希腊三个地方。因为这几千年的历史，美国其实很少参与，大多是在中国，在一个东方帝国和一个西方帝国不断地产生。为什么是中国、希腊这两个地方？因为这两个地方有理性。我们会发现古希腊有哲学和科学，它始终是有理性的作用的。中国也是，今天在座的各位，我相信，信仰佛教道教等宗教的都有，但是让你成为佛教徒或道教徒，去出家修行，可能比较困难。有信仰基督教的，但也会将信将疑。因为在中国人的文化里、思维里始终有一个怀疑的种子，所以我们始终以"天地人"的关系来考察一切。当我们不能完全确认的时

候，是不会轻易相信的，这跟古希腊是一样的。我们会在神和
人的中间作出选择。所以我们会发现这两个地方的文明始终是
开开合合，到今天为止它始终保持着原来的状态。那么未来为
什么美国会这样？因为美国聚集了大量的知识和思想，他们被
各种知识分子所拥有，他们都不是简单的宗教信仰者，有可供
选择的机会。当然，这是我的一个判断，从历史的角度来进行
的判断。

　　因此我们会发现，上古时期的那些人类，他们共同探讨
了几个问题，一个是我们头顶的星空，这就是康德所说的，我
们永远要重视我们头顶的星空。第二个是草原，这是游牧文明
时期。第三个是海洋，这是我们面临的、生存的背景。第四个
是大地，是我们开垦的土地。钱穆先生说，人类的文明按照人
类生存的环境只能分为三种，一种就是草原文明也叫游牧文
明；一种是海洋文明，今天被称为商业文明；还有一种是农耕
文明，就是大地文明。但我们知道，100 年来关于人类文明的
三个标准是从古希腊开始的。学者们在考察雅典文明的时候，
发现它有三个特点，一是有城市，二是有文字，三是有铁器。
于是人类文明的三条标准就这样确立了。中国的探源工程为什
么不能往前走？是因为我们始终是按照雅典的模式在探讨我们
的文明。后来我们的历史学家又提出，中国的历史是不是还应
该有礼仪等的产生，但是礼仪的产生是不是应该有祭祀的设施

呢？于是三星堆发现以后，今天人们都认为它是祭祀地，这就是要把它确定为文明的遗址，这是中国人的方法，其实钱穆的说法一目了然，在星空之下就是三种环境，草原、海洋和大地，可以以这三种环境不断地重新确定文明的标准，但我们的历史学者们并没有这样做。

接下来我给大家简单说一下玛雅文明，为什么要说这么多，因为我们最终要推导出中国文化是什么样的，单独说中国文化太简单了，我们依然会认为它是迷信，依然会认为它是一种不可确信的东西。今天研究玛雅文明的不多，根据现有一些研究，我们会发现他们有精确的历法，这是它的第一个特点。第二个特点，有太阳崇拜。第三个特点，他们对太阳系五大行星的探索非常精准，精准到今天我们用科学仪器能够证明其探索的一切，其实我们说这句话的时候，应该对古人产生敬畏。我们今天所认为的科学体系，想当然地被认为比古代要准确，其实不一定，不见得。为什么？因为星空在不断地移动，我们永远要记住星空是不断在移动的，我们地球的自转和九大行星的关系在不断地发生变化，你怎么能确信过去的时间就不是准确的？你怎么能确信今天的时间就一定是准确的？但是玛雅人在五大行星的探索中缺少了水星的探索，这个非常有意思，所以它的火星历法非常精确，它是 54 年一个轮回，我们是 60 年一个轮回，它有信仰的金字塔，大家如果有兴趣可以看一套书，叫《科学之美》，在这套书里专门讲了古代的历法这个问题，我就再不说了。这本书里对苏美尔文明、巴比伦文明也进行了非常精准的探讨。我们会发现玛雅文明、苏美尔人的古巴比伦都是早期的文明。他们都对星空有着巨大的兴趣。为什么对星空有着巨大的兴趣，我们等一会儿再说。

郭沫若先生认为我们今天的天干、地支等这些都是从西方来的，但是这个西方到底在哪没有人能说清楚。今天在中国的良渚地区，我们也会看到对十二地支的探索非常清楚，在我们5000年的文明中，也是一直在探讨天人的关系。古埃及，有很多有意思的东西，比如对火星和太阳的崇拜，他们对火星的认识是我们中国人难以想象的，他们发现太阳和火星对尼罗河的影响非常大。如果潮涨，水漫上来，就会将沿岸的土地灌溉，这就是他们所需要的。所以他们对火星和太阳非常崇拜，他们希望火星经常来临，经常被看见，所以有火星崇拜，包括金字塔。为什么会建金字塔，是因为金字塔上面有一个地方能够让他们测量星空。如果大家有兴趣，可以看看中国西南部彝族人的历法，彝族人死后也会把自己的坟墓做成一个金字塔形的，上面会开一个孔。这非常有意思，人死后做坟墓，一定要留一个孔。后来人们发现这个孔一定对准哪里，有些人对准的是北斗七星，有些人对准的是其他行星，总之就是对准星空的某一个行星，就是对准他的"命"，我说这个的时候可能大家觉得

"命"是中国古人的说法，比如说你是属马的，你是属牛的，天上有属马的和属牛的各自对应的星星，你要对着它。那么在十二年轮回之后，星星会重新照耀你，就会发生一个奇迹，这是他们的认识。

古印度也是这样，有着发达的星象学，但古印度的星象集中在二十七星宿中，我们中国是二十八星宿，多了一个星宿，所以我们就把它摆成四个方位，东南西北排成了四个方向，这就叫四象。印度人是九宫格形的，也一样。为什么叫太极生阴阳，阴阳生四象，四象就是八卦，这个听起来简直都是玄之又玄的事情。但今天我们天文学的考古已经慢慢发觉这都是科学。中国社科院有一位叫冯时的研究员，他出了好几本这方面的书，其中一本书叫《文明以止：上古的天文、思想与制度》。大家有兴趣可以看一下，在这本书里用了几十万字来说明中国上古都是用星象学在给人类定位，其实也就是用天上不变的星空来给地上定位。这就形成了天人合一的思想。

古罗马文明非常简单，因为它将古希腊的文明进行了简单的改造，他们的神都改成了罗马语，也就是拉丁语，它的文明都是从希腊来的。它有一个特点就是崇拜天狼星，罗马人认为他们是狼的子孙，可能大家都读过姜戎先生的《狼图腾》这本书。这本书里说，蒙古族崇拜的也是狼，那么是什么原因？真的是喝着狼奶吗？其实是在他们的上空有一个天狼星。现在我们慢慢地就明白了，为什么在欧洲会崇拜公牛，会有斗牛场？是因为在他们的星空上面有一个公牛星座，为什么白羊座会成为摩西的星座？因为在摩西带领的那一族人的星空上面有一个白羊座，为什么中国人是龙的子孙？是因为我们东方有很多星象，它显示出一个龙的形象。所以长期以来，我们很多考古学家都试图在大地上寻找龙，这是一种错误。我们这个时候就会想到《易经》里有一句话叫"在天成象，在地成形"，在天是一个象，在地是一个形，就是这样的。所以当我们考察这些文化，重新去阅读《易经》的时候，你会发现里面句句都是真理，句句都有非常深厚的考古内涵。可是我们现在读不懂，因为我们不阅读上古时期的东西，也没法阅读，这就是我们的难点。

紧接着再给大家说古希腊文明，古希腊文明非常有意思，它有十二地支思想，十二个神，十二支神谱，十二个星座，他们对五行的探讨是很科学的探讨，但是缺了对木星和金星的探讨，于是他们没有形成我们中国人五行循环的思想，后来他们就进入对微观世界的探讨，这就是原子的发现。古希腊时期，在德谟克利特之前，有无数的科学家、哲学家探讨世界是什么组成的。赫拉克利特说世界是水组成的，还有好几个哲学家认为世界是火组成的、是气组成的，最后罗马有一个哲学家，他探讨世界是由土组成的。我们发现他们探讨了火、探讨了水、探讨了土、探讨了气，中国五行中有金和木，他们没有。所以他们没有循环的世界观和方法论。

我们读古希腊哲学史的时候会发现，德谟克利特把所有东西都学习完以后，他认为还不能揭示世界的本源，于是他就来到了印度，来到印度以后，他发现印度是测量星象最好的地方，他看见了满天星辰，这个时候他发现一个星星和另外一个星星之间有巨大的虚空，而星星在天空中非常微小。于是他回去重新对世界进行了总结，他发表了一篇惊世骇俗的文章，他提出世界是由原子组成的，我们今天在座的各位都学习过马克思主义哲学是吧？马克思主义哲学就是在德谟克利特的这样一个基础上产生的，可是我们忘了另外一句话，德谟克利特还说："世界是由原子组成的，但是原子与原子之间存在着巨大的虚空"，就像我们说今天教室是由在座的各位组成的，但一定会有巨大的虚空，在我们中间。于是我们就会发现，我们所有的理论缺了一块，这就是德谟克利特说的另外一句话，原子与原子之间存在着巨大的虚空，于是我们回想起老子的一句话："万物负阴而抱阳"，阳是能说清楚的，阴是说不清楚的，这就是一阴一阳，谓之道。

你会发现其实人类的思维最终都是一个整体。

我紧接着给大家汇报中国人的思想，中国人的思想大家肯定都非常清楚，它是一个宏观、科学的世界观体系。有人说我们中国人是没有科学的，这句话大错特错，应该说我们没有微观科学，我们缺少科学技术的发明，但我们有宏观科学，宏观科学在《史记》和《山海经》里记载得非常详细。我不知道有没有同学阅读过《史记》的《天官书》，我估计很少有人能读懂这篇文章，它讲的是星空，可见我们中国早期就形成了一个非常完备的哲学体系。我们前面说了那么多人类文明，你会发现中国人跟西方人一模一样，都在探讨星空、大地和人的关系，但最后只有中国人继续在探讨，世界各地都放弃了这个探讨，因为大多被其他的文明冲断了，古老的四大文明，只剩中国文明，或者说中华文明是对人类上古文明的一个继承。假如我们认可这一点，我们中国的文化在今天就重新开启了新阶段，就会给世界作出贡献，否则我们中华文明就会成为骨灰盒一样的东西，被放到历史的博物馆里。

伏羲、女娲、西王母等一系列的早期圣人、神人们给我们创立了今天的这一套体系，一直到"五四"时期终止了。它被西方来的文化简单地命名为迷信，从此以后我们再也没能去证明它的正确性。可当我们真的要去重塑中国文化的时候，你说不出中华文化的核心价值，我们的阴阳理论很简单，它就是男女关系、人际关系，就是白天与黑夜的关系，是看得见与看不见的关系，就这么简单，你说它错了吗？为什么它是错的，我们很少有人去想，他不是一个学术上的判断，而是一个政治上的判断。这是一个问题。

第二个问题，大地文明构成了一个循环，这就是当世界上的其他的文明都在对星空和大地进行探测，试图构建一个完整的世界观的时候，还没有完成就被毁灭了，而只有中华文明完成了这个事情，完成了对星空、对五行的认识，且在此基础上完成了伦理道德世界的构建。

我们学文科的同学对科学的认识可能不太敏感，但如果不敏感，我们的思想就没有真正的根。迄今为止，在两亿五千年之中，地球永远生活在太阳系内，没有脱离星空，在这两亿五千年中，天是不变的，因为太阳系和银河系的关系不变。那么在两亿五千年之前星空是什么样的呢？我们不得而知，但是地球发生了剧变，两亿五千年以来我们的地球就再没有发生变化，所以我们就在这样一个星空中生活。我们会发现太阳是最大的，其实它只是体积最大，它的其他方面并没有这么大，谁最大呢？木星其实特别大，可是我们在这个位置上看到的木星不是很大，我们会发现水星、金星、地球、火星、木星、土星、海王星、天王星，海王星现在已经被逐出太阳系了，它成了一个矮行星。什么是矮行星？我给大家简单地说一下。这就是霍金先生给我们讲的时间的概念。宇宙是有一个起源的，学术界中影响较大的是"大爆炸宇宙论"，在 138 亿年前，整个宇宙是一个非常小、非常硬的东西，最初宇宙的物质集中在一个超原子的"宇宙蛋"里，在一次无与伦比的大爆炸中分裂成无数碎片，又以光速向外扩散，在扩散的过程中，形成了星球，形成了宇宙。宇宙是由无数的扩散体组成，所以有恒星、有卫星、有黑洞、有星云。黑洞是怎么产生的？恒星刚开始都是发光的，可是慢慢地生命就结束了，就不发光了，它的能量燃烧完了，燃烧完就变成了矮行星，矮行星就开始逐渐萎缩，所以恒星就变成了一个暗物质或者黑洞，时间在那个地方停止了，这就是霍金的思想。这跟我们中国人的思想几乎如出一辙。这是对宏观宇宙的一个认识，大家看看地球跟哪里最近呢？地球在木星、土星、水星、金星的中间，这就是它之所以有生命的原因。这是金木水火土五星合和的时候产生的。这样说，既符合天道，也符合我们中国人的文化观。也就是说，既是科学，又是文化。如果地球靠近太阳的话，那么地球上是不会有生命的，因为太热了。必须是五星合和。

接下来再给大家说在这些行星之间一些非常有意思的信息。玛雅人没有对水星进行测量，或者说没有测量出它的运行规律，但是他们对其他的行星进行了测量，而中国人对除了距离比较远的天王星之外，对其他所有的行星都进行了测量，最后总结出了五大行星，我们会发现，所谓的五行，就是天上的五个行星对地上的影响，这就叫科学。所以我们过去说五行，大家都认为非常遥远，是迷信。现在我们慢慢会发现，其实它就是一个科学体系，一个天体科学体系。我们人就在这样的天体科学体系中生存。这就是我们中国人的阴阳五行思想。

五行思想在战国时期非常发达，它对我们整体的运行做了一个预测和判断，这个思想都保存在了《史记》中。如果大家去看《天官书》就会一目了然，但是《天官书》确实太难读了，我是在研究了很多东西以后，大概十年后才重新来读《天官书》，最后才读懂，十年之前我若干次地想读懂它，都读不懂。史记里有《天官书》，有星空，文中专门对星象进行了解读，《资治通鉴》里也有星象，但我相信各位在看这些东西时都会跳过它，为什么？因为我们很难读懂，可是它在整个中国的史学界里、史书里占有非常重要的比重，我们还能说中国人的思想是迷信吗？它有没有天道？有没有科学的构建？有，只是我们不懂，这就是天、地、人三才思想。它是从星空、大地和人三者的关系中去确定。所以我的总结很简单，早期人类均探讨过天人关系，太阳历和天人思想是主要智慧，人类都探讨了五行的运转。后来，城市生活和宗教思想代替了原有的文明，这就是西方文明在后来发达的原因。只有中国继承了人类早期所有的智慧，这也是中国的文明始终未断的一个原因。

那么它主要的智慧集中在哪里？这也是我们今天不懂的东西。

中国人的智慧

最早的是《河图》《洛书》，接下来是阴阳五行，然后是《易经》、八卦，再下来"天干""地支"。今天是 2021 年 10 月 14 日，如果是今天出生的孩子，前面六个字是定的，辛丑年，戊戌月，乙未日，年月日是定的，只有时辰不一样。年叫辛丑，这是两个字，接下来月叫戊戌月，两个字，今天是乙未日，又是两个字，时辰两个字，总共八个字。这八个字分别对应着金木水火土，当然，今天我们很多人都不太在意，可能我们大多用的是西方的方式，不太用中国的方法。那么这些东

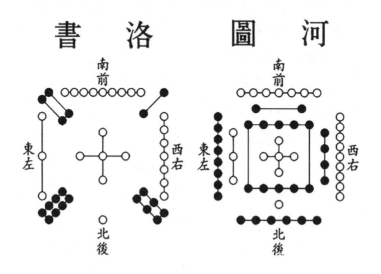

西都是干什么的呢？我们都不太懂，它探讨的一是时间的深层发展、进行与消亡的过程，探讨的是天道；第二，探讨空间的地理位置，探讨的是地理、地道；第三，讨论人在时空中如何自处。探讨的是天道、地道、人道。我们今天都不怎么说天道地道，都在探讨人道，可是没有天道和地道，又怎么能确立人道呢？我们今天整个人类面临的困境就在这儿。

我参加过两场婚礼，是我的两个学生的，一个是我的博士生，一个是毕业了好多年的硕士的。其他学生的婚礼我都因为一些原因没有参加，这两个学生的婚礼我去了，去了以后他们肯定要让导师发表祝词。我发现我们今天的婚礼已经完全地西化了，所有的地方都是一个新式的教堂里的样子，主持人代替了神父。形式都西化了。在我们那个年龄，结婚要拜天地，接下来拜父母，就是拜高堂，再下来夫妻互拜。结果我发现这两场婚礼缺少了一个拜天地的环节，直接让我上去讲话，接下来父母出场给红包，紧接着其实也不需要去喝交杯酒了，这是一个象征，就结束了。我说这不对，天地代表的是什么呢？不仅仅是天地，代表的是你的历代先祖。你现在只是要红包，然后就进入洞房，婚礼没有一点仪式感，全是利益的收获。我就批评他们，我说我早期信仰西方文化，今天重新转向中国文化，但不是说对中国文化顶礼膜拜，而是看能不能融通，在这个时候我们依然是要相信天地非常重要，所以我就领着我的这两个学生与他们的新娘重新拜了一次天地。我说现在好了，天地和列祖列宗知道了，也喜悦了。你们可以入洞房了。

为什么举这个例子，是因为今天的文化衰落其实已经非常可怕，我们的心中已经没有天地，失去了这样一种非常伟大的精神存在，我们只有自己，只有人，而人剩下什么呢？我们当代文学非常简单，刚开始写人与社会的关系、人与人的关系，后来直接就写人自身。除了一些欲望，还有什么东西呢？你没有什么东西可写的。所以为什么今天的文学没落，就是因为我们整个的精神没落了。所以中国人的传统是一个宏观世界观，它是个科学世界观，现在被我们自身否定了。

第二个由巫、史两个方面来构成。这是李泽厚的说法。我也认同李泽厚说中国文化是一个巫史传统，有巫的一面，史的一面。其实这是司马迁讲的。他说，他父亲告诉他，他的先祖原来是天官，是负责星象学工作的，后来失去了天官，变成了史官，所以在他的身上就有着巫与史的结合。其实简单地把天官的工作说成巫的工作，显然是现代人的思维。这不简单是巫，还有科学的一面。甚至说，这正是科学的另一个说法。

接下来我给大家解读一下这些非常难读难懂的图形是什么，这是我研究了十年得到的一个心得。我早期写过一篇文章，说今天的迷信就是科学，过去我们是其他的迷信，但我们把神的崇拜打下去，科学就成为新的迷信。所以我们今天依然要思考，如何告诉世界什么是对的？但整个世界都在强调科学体系，那我们也不妨用这个体系来说明。这是佛教中讲的方便法门。没有这个东西，拿神秘的东西去告诉人们，是不会有人相信，因为你说不清楚。我认识很多算命先生、阴阳先生，每天都会有人来跟我交流，我都批评他们，说你能不能跟我说清楚？没有，没有人说清楚。

我曾认真地阅读清代江慎修老先生写的一本《河洛精蕴》，认真地一字一句读，准备把它重新批阅一遍，它就是古代《河图》《洛书》的集大成者，但是老先生也没有说清楚这个事情，因为他没有今天的学术成果作支撑。今天的学术支撑是什么？是大数据时代全人类的所有学科的知识和思想。当我们今天做论文的时候，研究每一个题目一定要穷尽其知识，是吧？我们用的都是大数据，能穷尽所有的问题，当我们不能穷尽的时候，你不能够自信。今天的互联网给我们提供了这样一个便利。全世界各地的考古、各种翻译的成果，过去时代从没有看到的成果都在今天涌现于网上，所以我们今天才能把这些说清楚。这是我们比清代的江先生要多些学术支撑的方面，我们应当比他要走得远一些。

孔子没有见过甲骨文，没有去过西北那些地方，更没有见过今天的西北和西南的文化，不知道"龙马负图"是什么意思，他也不清楚《河图》《洛书》到底代表的是什么，他就只写了几个字"河出图，洛出书，圣人则之"。这当然也是记述前人的说法，忠实的记录。他不知道"乾坤毁"之前的易体是什么样的，但他忠实地记述着前人讲的"乾坤毁，易体不可见。形而上者为道，形而下者为器"。同样，《河图》《洛书》他也没见过。《河图》《洛书》的模样是谁定下来的呢？是到了朱熹的时候定下的，他赞成比他早的邵雍的说法。北宋五子之一的邵雍第一次提出先天八卦图与后天八卦图的说法，是根据《河图》《洛书》和《易经》上孔子讲的一段话来画出来的。那么《河图》《洛书》代表的到底是什么？

我给大家看几个图，大家就会明白一些。刚才看的这个是星空图，现在这个是今天认为是科学的天文学图。太阳围绕地球一圈，要与天空中的众多星星相遇，会碰到哪些星星呢？这个中间是一个莲花，外边是中国人的二十八星宿图，再外边这个是西方人的十二星座。中国人的星象图，二十八星象，都是星空，都是天文学。这个星象就是司马迁的《天官书》里说的，以后你们再去读《天官书》就能读懂。

在轴心时期以前，人类有一个时期，叫自然时代，也叫原始时代，那个时候叫天降万法时代。也就是说，所有的法都是按照天的规律而设置的。古巴比伦的汉穆拉比法典上的形象就是太阳神向汉谟拉比大帝授予法典。中国的天人合一也是这个意思。《圣经》中的人与上帝的约定也是这个意思。那么天降

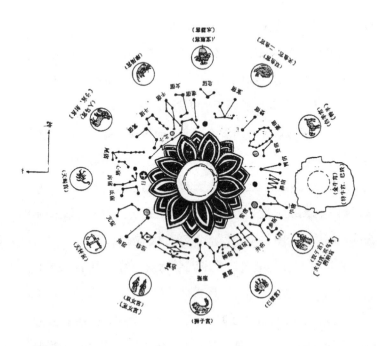

万法时代如何进入人类契约的万法时代，中间有一个叫君权神授时代。

前两天我买了一个地球仪，跟你们中学时代的地球仪稍微有些不同，它是把今天的 AR 技术结合到里面，是可以插电的，你用手机上的 APP 一扫描，就会发现那个地区此时此刻正在发生什么，它在下雨还是刮风。然后再往旁边一看，十二星座出现了，但是你会发现它没有北斗七星，也没有二十八星宿。我

当时非常伤感，中国人太迟钝了。我们中国人用的地球仪都是
欧洲人测量出来的星空，欧洲人在那个地方看见的星空跟我们
不一样。

　　现在我回头再跟大家说为什么叫天降万法，给大家再简
单地说一下。读历史的时候，为什么匈奴说右贤王在西边，左
贤王在东边？就是因为东半球的人面对的都是太阳，太阳在东
面，我们都是必须向着东面看，一切东半球的生命都是这样生
活的。为什么太阳是最早的立法者？因为太阳决定了万物的生
存，所以它是最早的立法者。这个时候我们再来看海子的诗，
简直太奇妙了，海子简直是用一个诗人的直觉来赞颂太阳。我
们会发现早期所有的人类都有太阳崇拜，而且黄金家族都有太
阳崇拜，这就是天降万法时代所构成的一个崇拜的体系。你们
中间有没有在农村生活过的同学？你们看没看见过向日葵？我
现在到哪里去，都自豪地说，我曾经把整个童年给了土地，在
乡村里生活过，我看见过天道的运行。我记得 20 多岁的时候
羞于说，特别是找女朋友的时候羞于说自己是农村的，因为太
穷了，度过这个年龄就不一样了。今天，求道的时候，我因为
曾经看见过星空，曾经看见过万物的生长，曾经看见过各种生
命的奇迹，就感谢命运把我生在农村。你看向日葵，太阳出来
的时候，它向着太阳，太阳从东边一直往西边走，它的头跟着
转，一直转到了西边，这就是太阳崇拜。我们从向日葵的角度

就可以想象，人类早期和我们所有的生物是一样的，这就是道法自然。

人跟所有的生物都是平等的，当我们把人降到这个层面的时候，我们突然之间就会理解古人的一切智慧。所以周敦颐有一句话说，怎么理解道？怎么格物致知呢？把人降为一物，人只有把自己降为一物，降成一个自然物的时候，才会理解天道。当我们把自己高高举起的时候，你就只能像尼采一样发疯。钱穆先生说，怎样理解中国的文化？怎样理解天道？就是人要成为自然，他说人成为自然的时候，所有的一切迎刃而解，人就有了通感。这个时候再写诗，你所有的诗都是奇妙的，因为你的诗可以连通万物，当我们不到这一步的时候，我们永远跟道是相隔的，就是这个原因。

重究天人关系

　　要思考一个问题：我们为什么不知道呢？《易经》里有一句话，是孔子说的：圣人以神坛设教，教化万民，但是万民习焉而不查，日用不觉。老百姓是不用知道的。我们再来看前面的《河图》《洛书》，它代表的是什么？《河图》，它代表的是在太阳历时代季节与季节之间怎样运行的，月份与月份之间的关系是什么。今天我们的时间已经不是中国人的时间概念，我们用的是罗马历，用的是西历，是以耶稣诞生的那一天为公元元年，这个时间是一往无前的，没有停止的，就跟现代文明一样。现在的西方马克思主义研究者中有人说现代文明就是一辆无人驾驶的列车，谁都不知道它去向哪里，谁也不清楚哪个地方就是悬崖，谁都不清楚人类在哪个地方就会掉下深渊。你看这就是现代文明。从时间上都可以看出来，时间是一往无前的，可是我们刚刚说的那个时间，中国人的时间，是六十年一个轮回，它有回头的时间，它是弯曲的，所以它有轮回。太阳升起来，就有落山的一刻，也有第二天重新升起的一刻。可是我们现在没有了这样的观念，或者说还有，但用的却是西方时间。这里面有巨大的冲突。

　　早期人类都有太阳历的时代。太阳历的时代一年是十个月。十个月是从什么时候开始呢？是从春分开始算起，当然也可以从冬至算起，也有不同的说法。我估计你们都不太清楚。在中亚地区，还有今天的彝族所在地，是十个月的历法。所以到春分的时候，很多人说过年了，是因为他们过的是太阳历的年，跟我们后来的年是不一样的，我们是十二地支年，他们是太阳历的年，叫太阳历。我们后来十二地支也不是十二个月，阴历是月亮，十二地支又与十天干结合形成了二十四节气。

那么《洛书》是什么？《洛书》是大地的格局，也是人的经络图，是中医的理论基础。大家探讨这两个图，会发现一系列的对古代文化的正确的理解。就是基于这两个图，它催生了我们后来中国人大部分的文化和文明。时间是轮回的，这是中国方法。刚说了时间是一往无前的，没有停止的时候，所以它会走向一个黑洞，这就是霍金的思想。时间总是要进入黑洞，就是进入一个轮回，你会发现今天霍金的思想跟我们中国古人的思想几乎是一样的。

时间是从天上来的，因为时间是根据太阳来决定的，太阳升起的时候是寅时，日出卯时，一直到了午时是最亮的，到了戌时落下去，到了亥时又沉入大海，又从寅时开始轮回。你看时间是从天上来的，根据太阳来确定的，但人们不相信了，总是想当然地认为这是迷信。

今天，人们觉得时间是从手机上来的，时间是从钟表上来的，总之是西方某个科学家把它确定好的，一定是科学的。为什么会有这样的想法？是我们一百年来科学教育的结果，是对中国传统文化批判的结果，因为科学是西方来的，所以大家认为我们中国是没有科学的。

为什么会这样？因为所有的事物，都有发生、高潮、衰落、毁灭的阶段。这就是我们今天大家所熟悉的马克思主义的观点，任何事都有产生、发展、高潮、衰落到死亡的过程。但是我要说的是中国人的中医理论学的方法，就是中国早期的道家的思想，也是我们的五行学术的思想，这就叫生旺墓绝。佛教叫成住坏空。生旺墓绝大家应当很少听过，这个学说不是我们官方学说，其实在四库全书里都有，但是一般不用，而是阴阳先生在用，是民间学。这个是五行学说，五行学说有自己的一套对事物发展规律的总结。我现在试着跟大家说一下。

《尚书》里有一个说法，大禹治水的时候，他的父亲鲧没有治好水，用的是五行大法。但是当禹去的时候舜重新给他授予五行方法，然后就治好了，这其中藏着多少秘密，后人根本不清楚。为什么同样都是用五行方法，大禹就能治好，他的父亲鲧就治不好，这就是一个理解的问题。

要理解这个方法，我还是从太阳的角度给大家解释，就一目了然了。这种方法到今天没有任何变化，这才叫科学，万古不变。你到希腊的海边去看，凌晨三点太阳就从大海里面升起，一定是这样的。《周髀算经》中说，夏至前后，太阳是寅时出来，午时最旺，戌时落下。但我们经常说日出卯时，那是已经出来的时候，这是我们观察到的情景，其实寅时就日出了，卯时被看到而已。然后走着走着就到了午时，午时是太阳最旺的、最明亮的时候。到了戌时，晚上七点到九点戌时落下去，再到寅时开始出现，这就是火的运行。

中国人的很多思想都建立在这个基础之上。现代中国人，尤其我们到你们这两代人，都不相信这些了，相信科学和西方文化中提倡的社会学法则。我们把自己从作为一个物质属性的人在生物界中提了出来，建立了一套纯粹属于人类的社会学伦理，诞生了爱情和现代婚姻观念，诞生了平等和民主等概念，然而这一切并不属于众生，所以我们不再相信古老的中国的道法自然的一切学说。但是，经过百年尤其是过去四十年的学习，我们得到的教训已经很多了，且必将更为深重。好在我们离传统不远，那些书籍和方法还在，有一些老人还在，所以我们便有了回归中国文化的强烈愿望。但如何回归则是个问题，这仍然需要一两代甚至好几代人的努力。这不是发一个文件就能办的事情。它是心灵的问题，甚至是关于灵魂的问题。

我经常告诉我认识的朋友，包括我的学生，谈爱情是没问题的，但爱情能持续多久？能否一生一世？这个很难。当然，我与我的学生们聊天时也发现，他们不追求一生一世了。为什么会这样？这也是西方文化影响的结果。你们看，这些后果会一个个来到我们的面前，命令我们选择。我是在西方文化的影响下度过青年和成年时期的，在壮年时才慢慢回归传统，当然，这也似乎是古往今来一切作家、艺术家、哲学家的求道之路，当然也可能是很多普通人的道路——相信天命了。相信天命就会越来越相信传统，因为传统是离天最近的。这一点，不仅适合于中国人，也适合于西方人，大概他们也在寻找回归之路。罗曼·罗兰的《约翰·克利斯朵夫》早在20世纪上半叶就已经写了这个历程。

　　大家是不是觉得我这些不是学术？我想告诉大家，这才是学术，这才是孔子讲的为己之学术，是要指导我们生活细节的学术，而不是那些抄袭的碎片化的知识。那些东西可以让我们获得名誉、获得利益，但它到底是外部的东西，是可有可无的。再过很多年，那些东西可能就下落不明了，而我讲的这些东西，则天天面临我们的日常、梦境，是我们作为人，尤其是作为一个文明人求的唯一的道。

　　那么回过头来讲，英国的巨石阵，和我们八卦思想早期的时候一模一样。今天英国人无法理解，到中国来一看这不就是八个方位，然后中间是阴阳两极，太简单了。英国巨石阵的八个方向，分别代表的是春分、秋分、冬至、夏至、立秋、立冬、立春，立夏，你看多么科学的图，这不就是《易经》的思想吗？它为什么会传到那里？这是一个问题。我的《补天：雍州正传》一书中讲了这个问题，今天就不讲了。如果我们能证明它的运行原理的话，是不是就不是迷信了呢？这是我们今后要做的一个功课。

还有其他地方，如埃及神庙里的星象图和星盘，如玛雅文化，如古巴比伦文明中的历法，还有《圣经》中的星象知识，都与此相关。它充分说明人类早期是有一个统一的天人合一时代。你会发现全世界的人都探讨过东南西北和它的四个角这八个方位，但是突然之间为什么中断了？因为上帝思想，因为神开始发布指令了。一个科学的时代结束了，而一个教化的时代开始了。从今天来看，除万物有灵的萨满教外，人类早期的宗教大都产生于4000年前。为什么突然间出现了宗教？这是要研究的一个问题。

在夏商周时期，我们都有巫术，巫术都被宫廷掌握，在民间是不能有的，这就叫君权神授时期，但是再往后就慢慢地进入了西方社会讲的契约阶段。契约阶段就是人设万法，人类互相之间来探索这样一个存在的关系，所以我们实际上经历了很多个时代，可是我们对第一个时代就不太了解，所以天人合一观念是天地相合、天地人相合、人人相合、人和物相合、人与时空相合。

我们接着往下讲人类的后来。在轴心时期就开始有了另外一个事情。在此之前还有一个诸神起源。为什么会有诸神？就是太阳为立法者，人们有太阳崇拜，然后进行了一系列的新的崇拜的设立，也就是神的诞生。还有星空崇拜，这就是万物皆灵的时代，萨满教的时代，这就是诸神起源，这是一个阶段，再下来以后就是道德的建立，也就是轴心时期所要做的事情。

为什么中国文化现在变成了后来的这样，《易经》里写得非常清楚，天尊地卑，这就叫阴阳，所以男尊女卑，这就确定了一个伦理。今天来看它是否合理合法，可以重新去探讨和解释。但是我们说古人为什么这样确立，你们看，天地人三才和阴阳五行，对应的就是三纲五常。天上有五星，地上有五行，人有五德，然后身体有五脏，所以人有五常，这就是仁义礼智信。我们生活中的和日常的一切都是依据这些来确定的。后世百姓"习焉不察，日用而不觉"，可是到了理学产生之后，天道重新被确立，人道被压抑，而这百年来是人道张扬，天道没落，天道破裂的时代。

这就是我今天为什么要重新讲天人关系。重新讲天人关系就是重新来讲人与天地的一个伦理关系，重新来确定人行为的尺规。这就是回答海德格尔的问题，回答很多西方哲学家的问题，也是回答中国的问题，这是人类共有的问题。那么我觉得大家要理解这个问题，还得去学习几本书，一本就是《周易》，重新把它进行一个科学的定位，先不要去学着算命，但是我有一点跟大家要说清楚，要学《周易》，不学占卜你是没法学清楚的。这是千古以来的真理，怎么处理这个是个难题。从西汉开始，有了义理派，不说算术，只说义理，朱熹等都是这一派。如果不学如何使用，就不知道天人关系是怎样运行的，这就是我们只知道知识的一面，不知道另外一面。

最后，我给大家看一个图，我一说大家就明白我为什么要说这个了。这是敦煌莫高窟二五四窟里的一个非常小的图，我把它放大了。佛陀旁边有一个人，这个人叫梵志，这个人就是今天我们所认为的精英知识分子的代表，他的智慧达到什么程度呢？当时世界上所有的一切知识他都会，这是第一。第二，他对医术是非常精通的，他救活过很多人。第三，他能够占卜，能知道人生前是什么样，现世是什么样，死后去哪里。他达到这样的智慧，所以他跟佛陀一直斗法。有一天他们两个人一起从山上下来，碰到一堆骷髅，他们对前面五个人进行了确定，梵志一一说，佛陀一一确认说是对的，到第五个的时候，佛陀给了他一根骨头，梵志摸了一下这根骨头，傻眼了，他说这是谁，我竟然摸不出来，不知道他今生是谁，也不知道他来世是谁。这就是我说的已经进入了玄学阶段，从知识要进入另外一个层面的时候叫智慧。佛陀跟他说，因为这是一个罗汉的骨头，罗汉是修道者，对于追求道德的人，他已经摆脱了你所谓的俗世生活中的一切束缚，你没法知道。

人类拥有一切知识以后并不是终点，我们对天道的认识，

刚刚我说的这一系列都是知识的认识，知识的认识仅仅是一个阶段，而对道德的追求、对信仰的追求是另外一个阶段。这所有的一切并不是终点，它仍然是一个起点而已。

我们说了这么多，就是想说，中国的思想，今天如果要说清楚它，我们用今天所有的人文科学，中西方的所有的东西都可以重新去解说它，但是它并非终点，依然不能解释清楚天人关系，只能解释天人关系是如何进行确立的，但是不能达到修道者的这样一种境界，它依然只是一个开始。所以我最后想说我们还是回到古代的几句话里面，首先是"天不变，道亦不变"。古今天道未变，变的到底是什么？我们一定要探索这个东西，宗教、人文、科学，分离之后，它导致了我们今天学术的分崩离析，"道术为天下裂"，我们怎样缝合这样一个学术，把它融合为一个整体性的学术，这是今天我们的任务。其次，《史记》中所讲的"究天人之际，通古今之变，成一家之言"。《天官书》里有一种方法，是科学。我觉得是值得借鉴的。

最后，用五句话来总结我这么多的想法。第一，人类学术的大数据时代已经到来，集成学术势在必行，任何一种学说想统治所有的学说都是妄想，只有集大成才有可能开启新的时代。第二，中外融合乃大势所趋。大家不要认为我今天讲了很多中国传统文化，就一定要摒弃西方文化，事实上不是，我所讲的都是人类的文化。第三，从孔子以来的学术需要重新创化，这就是孔子时期他对过去的学术进行了六经的整理，重新开启了一个时代，今天依然要开启新的六经时代。第四，中学为体，西学为用，仍然乃大道之学。这是我对中西两种文化进行了十多年的探索之后得出的一个结论。张之洞先生的这样一个学说，我仍然想重新去发挥它。第五，从学术走向信仰，为真正的天人合一，这才是大道。

2021 年 10 月 14 日在北京师范大学的演讲

树贤整理于 2021 年 10 月 21 日

高国靖、刘博、马玲、王艺璇等于 2022 年 7 月校对

2022 年 7 月 24 日定稿